闇探偵 ～ラブ・イズ・デッド～

愁 堂 れ な
R e n a S h u h d o h

LUNA NOVELS

Illustration

陸裕千景子

CONTENTS

闇探偵 ～ラブ・イズ・デッド～

1

殺人罪は懲役何年になるんだったか。

大学一年のときの般教《ぱんきょう》でとった法学の授業でちらっとそんな話題が出た気もするが、二年も前にとった授業の内容など覚えているわけもない。

少年法の適用は確か、二十歳未満だったから、この間二十一歳の誕生日を迎えた俺は当然対象外となる、それくらいは一応把握していた。

殺人罪で逮捕されたら、親父の名前に傷がつく。そのくらいの分別だってある。だがもう俺には、奴を殺すしか道は残されていない、そのこともまた、しっかりと認識していた。

俺が殺そうとしている相手は、フリーのルポライターだった。安原一男《やすはらかずお》という名の、それこそ虫けらのような男だ。

たとえ『虫けら』のような男であっても、人は人、殺せば罪になることくらい、勿論俺とてわかっていた。

加えてこれでも小中高とキリスト教系の学校に通っていたので人並み以上の倫理観は持っている。

その上、そんな『虫けら』でも殺せばこれから先の自分の人生が台無しになるってことも勿論、俺は把握していた。

それでももう俺には、あいつを殺すしか道が残されていないのだ。要はみつからなければいい。未解決の殺人事件はこの世に山ほどあるのだから、その一つとなるよう、用意周到に実行すればいいじゃないか――そう考え、この二日を安原殺害の準備に費やした。

刑事ドラマを見ていると、凶器からアシがつくこともあるようなので、安原を刺すのには家にあった包丁を使うことにした。この包丁は俺が家を出た二年前に当時住んでいたアパートの近所のスーパーで購入したものであり、そんな昔の記録を辿れるわけがないと思ったためだ。

足跡も手がかりになるということだったから、一番ポピュラーと思われるスニーカーを用意した。これも新たに購入したものではなく家にあったものだ。あとは指紋を残さないようにという目的で手袋を、そしてやはり汎用品だと思われるジーンズとTシャツを用意し、それからいかにして安原を殺すか、その計画を俺は綿密に練った。

安原の部屋を訪れ、そこで殺害するところまでは決まったが、彼のマンションには防犯用に監視カメラが設置されている。これは何度か訪れたときに気づいていた。

監視カメラに映らず、中に入る方法はないかと考えたが、どうやら不可能とわかったので変装をすることを思いつく。

完全に顔を隠し、歩き方にも気をつける。殺し方に刺殺を選んだのは、他の方法を思いつかなかったためだった。

安原は俺より体格がよく、力も強そうなので、絞殺だと失敗する恐れがある。毒殺をするには毒薬が必要だが、入手の心当たりがまるでない。

車で轢《ひ》き殺すにも車はなく、高いところから突き落とすにも、その『高いところ』に安原を呼び出す手立てがない。刺殺だって成功するとは限っちゃいないが、一番手軽、かつ成功率が高そうという理由でそれと決めたのだった。

安原からマンションに来いと言われていたのは明日だった。本来今日、と言われたのを俺が一日延ばしてもらったのだ。安原は不満そうにしていたが、明日にならないと金ができないと泣きつき、なんとか延ばしてもらったのだった。

もし、安原の予定を警察があとから調べた場合でも、俺との約束は明日になっているから疑われることもないだろう。その上今夜の約束は殆どドタキャンしたようなものなので、安原が他に予定を入れる確率は低い。

やっぱり金ができたといって彼の部屋を訪れ、隙を突いて奴をぶっ殺す。そして脅迫のネタである写真とネガを探して——頭の中で何度もシミュレートしてきた行動をもう一度、おさらいした俺は、よし、と一人頷《うなず》くと、前方にある安原のマンションに向かい歩き始めた。

足が震えそうになるのを堪《こら》え、早足で進む。不審がられちゃいけない。不審に思われちゃ、隙を突くことはできなくなってしまうだろう。落ち着け、落ち着け、と自分に言い聞かせながら、ようやく到着した安原のマンションに入ろうとしたとき、不意にエントランスの自動ドアが開いたかと思うと一人の長身の男が走り出てきた。

「うわっ」

わざとぶつかったとしか思えないタイミングだった。男にぶち当てられた肩が痛い。なんだよ、と俺が男を睨んだのと、男が、

「おっと、悪かった」

と明るく詫《わ》びてきたのが同時だった。

「………」

まったく、ふざけやがって、と思いながら俺は、夜だというのにサングラスをかけた男を横目で睨みつつ――まあ、俺も顔を隠すためにサングラスにマスク、という不審な姿だったが――そのままエントランスへと進もうとしたのだが、いきなり後ろから伸びてきた手に腕を掴まれ、ぎょっとして振り返った。

「坊や、物騒なモン、持ってんじゃねえか」

「なっ」

いきなり何を、という驚きから俺は男の腕を振り払うことも忘れ、振り返ったままその場で固まってしまった。

「ポケットに入ってるのはナイフか？　包丁か？　やめとけよ。人殺しなんざ、割に合わねえぜ？」

ニッと笑いかけてきた男に指摘されたとおり、俺はスカジャンのポケットに、タオルにくるんだ

包丁を隠し持っていた。

なぜわかったのだ、と唖然としていた俺に向かい、サングラスの男がまたもニッと笑いかけてくる。

「俺でよかったら事情を聞くぜ？」

そう言ったかと思うと男は、俺が答えるより前に、俺の腕を強引に取り歩き始めた。

「お、おい……っ？」

わけがわからない、と唖然としている間に俺は、謎の男に引きずられてしまっていた。

「乗れよ」

近くに路駐していた車のドアを開き、男が俺を押し込む。

「なんで？？」

なぜに乗らねばならない、と飛び出そうとしたときにはもう、男は運転席に座りエンジンをかけていた。車は昔懐かしいフォルクスワーゲンのビートルだ。しかも新型ではなく、俺が小学生の頃に街を走っていた古い型のものだった。

そういやビートルを一日に三台見ると幸運が来る、といった迷信？　だかなんだかよくわからない噂を聞いたことがある。黒を見るとゼロに戻る、とかなんとかいう話だったが、男が俺を乗せたのは黄色のビートルだった。

「おい、降ろせよ！」

いきなり走りだした車のドアを開こうとしたが、ロックを解除してもドアは開く気配がない。

「あー、悪《わり》ぃな。そのドア、外からじゃねえと開かねえのよ」

笑いを含んだ男の声が横から聞こえた。ふざけているとしかいいようのない口調に、頭にカッと血が上り、ハンドルを握る男の腕を掴もうとする。

「危ねえだろ？　ほら、シートベルトして」

謎の男は俺の両手をいとも簡単に左手で捕らえると、ほら、と俺の胸めがけて放ってきた。

「………………」

なんでお前の言うことを聞かなきゃならない、と睨みつけた俺をちらとサングラス越しに見やり、男がにやり、と笑う。

「なんならこのまま、お近くの交番までお連れしてもいいんだぜ？」

「……っ」

意地の悪い物言いに反発するより前に絶句してしまったのは、本当に今警察に連れていかれたら言い逃れのできない装備をしている自覚があったためだった。

凶器の包丁しかり、指紋隠しの手袋しかり、マスクしかり――冷静に考えれば、なんとでも言い訳がつく、と気づいただろうが、実際人殺しをしようとしていた負い目がある俺は、絶対に疑われる、と思い込んでしまったのだった。

ここは言われたとおり、おとなしくしているしかない。渋々ながらそう決め、シートベルトを締めながら、ちら、ちら、と謎の男を見やる。一体こいつが誰なのか、少しでも情報を集めようとしたのだ。

多分、面識はないと思う。顔はサングラスに隠れてよく見えないが、一見外国人のような整った容貌をしていた。身長は一八五センチくらい、体格はめちゃめちゃよく、何かスポーツ、多分格闘技系をやっているのではないかというほどのガタイのよさである。

厚い胸板も長い足も、日本人離れしている。着用しているのはジャケットとパンツなのだが、どちらもどこにでもあるような品に見えた。ぶっちゃけ、ユニクロじゃないかと思う。

だがそれでもこの男が着るとどんな高級ブランド品より輝いて見えるのは、俺の気のせいじゃないだろう。

しかし一体、こいつは誰なのだ、と俺は改めて鼻歌交じりにハンドルを握る男の端整な横顔を見やった。

初対面であることは間違いない。なのにこいつは俺がポケットに包丁を忍ばせていることを瞬時にして見抜いた。

なぜ俺が人を殺そうとしていたことがわかったんだろう。まさか刑事だったりして——？　さまざまな可能性が俺の頭の中で巡っている。

もしも刑事なら、先ほど脅されたとおり、俺が連れていかれる先は警察だろう。だがどうも刑事という感じはしない。

となると、とそれ以外の可能性を一生懸命考えるのだが、一つとして浮かばない。

もしかしたら俺は、相当ヤバい状況に陥っているんじゃないか——？

今更気づくな、という感じだが、そう思いついた俺の背筋に冷たいものが走った。

やっぱり逃げる算段を考えるべきか、と周囲を見回す。助手席のドアが壊れているのなら、後部シートのドアを、と思い、シートベルトを外そうとしたとき、急ブレーキをかけ車が停まった。

「うわっ」

前に放り出されそうになる身体をベルトがシートに押し戻す。

「さ、着いたぜ」

言いながら男が車を降り、助手席に回り込んでドアを開けてくれる。この隙に、と逃げ出そうとしたが、がっちりと腕を掴まれては逃走などとても不可能だった。

「往生際が悪いねえ」

歌うような口調でそう言いながら、男が俺を強引に引きずり歩き始める。

「離せよっ！　おいっ！」

喚きながらも俺は今、自分がいるのがどういった場所かに気づき、愕然としてしまっていた。

そこは——新宿《しんじゅく》二丁目だった。仲通《なかどお》りという、メインといってもいい通りだ。男は仲通りから一本細い路地を入ると数軒行った先の店のドアを押し中へと入っていった。

「あら、慶太《けいた》」

カウンターの他はボックス席が三つほどしかない狭い店に客の姿はない。カウンターの中から綺麗なオカマが男に声をかけてきた。

「夜なのにサングラスだなんて、一体どうしたの？」

ハスキーボイスで問いかけてくるオカマは、ハーフかクオーターのような濃い顔立ちをしていた。瞬きすれば風が湧き起こるんじゃないかというくらい長い睫《まつげ》をしていたが、どうやら自前ではないようだ。

――なんて呑気《のんき》に観察している余裕などないのだが、逃げようにもこの男が――オカマは『慶太』と彼に呼びかけていた――腕をしっかり掴んで放さないため、逃げ出すこともかなわない。それで俺はオカマの外見とか、店の内装とかを思わず見渡してしまっていたのだった。

「お前、未成年じゃないよな？」

と、男が俺の顔を覗《のぞ》き込み問いかけてきた。

「…………」

違う、と首を横に振りかけたが、答えてやる義理はないと思い直しきゅっと唇を引き結ぶ。

「いやだー、慶太、淫行とかやめてよ？」

やるなら店の外にして、とぶーたれるオカマを男が――『慶太』が振り返った。

「ミトモ、ボトル。それから悪いが今夜は貸し切りにしてくれ」

「なんですってえ？」

オカマが――ミトモという名らしい彼が、素《す》っ頓狂《とんきょう》なほどの大声を上げる。

「埋め合わせはすっから」

頼むわ、と慶太が片手でミトモを拝む。と、ミトモは「冗談じゃないわよう」とぶつくさ言いながらもカウンターを出て、ドアへと向かっていった。

「………」

どうやら彼はドアの外にかけてあった『open』という札を裏返し『closed』にしてきたらしい。

「埋め合わせするって言って、今までしたことないじゃんよ」

尚もぶつくさ言いながらもミトモは氷とグラス、それにボトルを盆に載せると、俺と慶太が立ち尽くしていたボックス席のほうへとやってきた。

「早く座んなさいよ。邪魔ね」

じろり、と睨むミトモは、遠目に見たときには同年代かなと思ったのだが、どうやらかなりの年齢に達しているようだった。どんだけ化粧が濃いんだ、と思わずまじまじと顔を見てしまっていた俺を、じろり、とミトモが睨む。

「座れって言ってんのよ」

「ほら、座ろうぜ。このお兄さんは怒らせると怖いんだ」

慶太が俺の腕を引き、強引にソファに座らせた。

「何が『怖い』よ。採算度外視の貸し切りにさせてるくせに」

四人掛けのボックスシートの奥まったところに俺と慶太が座り、俺の向かいにミトモが腰を下ろ

した。むっとした顔のままミトモは手早くグラスに氷を入れると、俺に向かい、

「水割り？　ロック？」

と尋ねてきた。

「あ、水割りでお願いします……」

慶太に対しては黙秘を貫こうと思っていたが、このミトモというオカマには口を閉ざし続けることができない何かがあった。

ぼそぼそと告げた俺にミトモは「ふん」と相槌《あいづち》だかなんだかわからない鼻息を鳴らすと、物凄く丁寧にロックのグラスを慶太の前に、物凄く乱暴に水割りのグラスを俺の前に置いた。

「乾杯しようぜ」

相変わらず慶太の手は俺の腕を掴んだままだった。

「あたしもおビール、貰っていい？」

ミトモが媚《こ》びた視線を慶太に向ける。

「ボトルにしとけよ」

慶太が苦笑し、顎でボトルを——言っちゃなんだが安物のバーボンだった——示したのに、

「ケチ！」

と悪態をつきながらもミトモは用意していた自分用のグラスにどばどばと酒を注いだ。

「ミトモちゃぁん、愛がねえんじゃね？」

とほほ、という表現がぴったりくるような口調でそう告げた慶太がミトモを見る。

「あたしほどあんたを愛してる人間はいないと思うわよ」

ミトモはしれっとそう言うと、

「かんぱーい！」

と明るく声を上げグラスを掲げてみせた。

「乾杯」

やれやれ、といわんばかりに慶太がそれに唱和し、グラスを持ち上げる。

「ほら、あんたも」

ミトモに睨まれ、俺も仕方なくグラスを彼のグラスにぶつけた。

「……乾杯」

「乾杯したらイッキよ〜」

ミトモが嬉々とした声を上げ、ほぼ原液のグラスの酒を飲み干す。

慶太もまたグラスを飲み干したあと、ちら、と俺を見た。

「仕方ねえなあ」

「あんたも飲みなさいよ」

ミトモにも急かされ、俺は、なんでそんなことをしなきゃならねえんだと思いながらも、グラスの酒を一気に飲み干した。

だが意外にも濃かったために、げほげほと咳《せ》き込んでしまう。

「おい、大丈夫か？」

ミトモ、おしぼり、と慶太が指示を出し、

「ほんとはこの子、未成年なんじゃないの？」

もしそうだったら冗談じゃないわよ、と小言を言いながらミトモが立ち上がり、カウンターへと戻っていく。

「はい」

「すみません」

おしぼりを二つ手渡され、俺は火傷しそうなほどに熱いそれらを受け取り、ミトモに礼を言った。

「で？」

俺が口やら酒が零《こぼ》れた服やらを拭っているときに、横から慶太が問いかけてくる。

「……？」

何が『で？』なのだろう、と顔を見返した俺に慶太は、サングラス越しにニッと笑うと、こう問いかけてきたのだった。

「お前さ、誰を殺そうとしてたんだ？」

「殺し？　やだ、なにそれ？」

さらりと問われた慶太の言葉を聞き、目の前でミトモが仰天した声を上げる。

「ミトモ、ちょっとあっち行ってろや」

「えー。なにその口の利きよう。貸し切りにしてやったたっていうのにさあ」

ミトモはぶつくさ言いながらも席を立ち、カウンターへと戻っていく。その姿を見るとはなしに目で追っていた俺に彼は、パチ、と長い睫を――多分まがいものの睫を瞬かせ、ウインクをして寄越した。

「こう見えて慶太は腕のいい『探偵』なの。報酬次第じゃ、ものすごーく役に立ってくれるわよ」

「探偵？」

そうだったのか、と俺は隣に座る慶太へと視線を向けた。

「探偵っつーか、まあ、便利屋だ。困った奴の相談に乗るのが俺の仕事ってわけだ」

ここでようやく慶太はサングラスを外すと、ニッと俺に笑いかけてきた。

「……うわ……」

サングラスをしていたときから、かなりの美形だとは思っていたが、両目が見えるとその美形度は更に上がった。どのくらい美形かというと、思わず俺が感嘆の声を漏らしてしまったほどだ。

イタリア男を思わせる濃い顔立ち。太い眉に垂れ目がちの黒い瞳のまわりには、睫が密集している。やっぱりハーフだったのか、とまじまじと顔を見すぎたせいか、慶太は苦笑するように笑うと、サングラスを持ったままの右手で、ぽん、と俺の肩を叩いた。

「自己紹介しよう。俺は秋山《あきやま》慶太。さっきミトモが紹介してくれたとおり、この二丁目近くで探偵

事務所を開いてる。これまたさっき言ったとおり、ま、探偵っていっても殆ど『便利屋』みたいな仕事で、困っている人間の悩みを解決するのを生業《なりわい》としてる」

「繁盛してるのよ。解決率は百パーセントだもの」

と、ここでミトモがカウンターの中から口を挟んできたのを、

「頼むから黙っててくれ」

慶太はじろりと睨むと、

「なによう、せっかく人がよかれと思って言ったげたのにさ」

という彼を無視し、ずい、と俺に端整すぎるその顔を近づけてきた。

「百パーセントは嘘だが、九十五パーセントは超えてるぜ。誰かを殺そうとするほど思い詰めてるんだろ？　どうだ？　ここは俺に打ち明けてみないか？」

「…………」

慶太の黒い瞳がキラキラと煌《きら》めき、じっと俺を見据えていた。引き込まれそうになるほどの強い瞳の光に、誰が今日会ったばかりの探偵に——ああ、便利屋か——打ち明けるものか、と思っていたはずの俺の心が揺れ始める。

百パーセントは嘘くさいが、九十五パーセントは信じられる——そう思ってしまったせいもある。だがそれ以上に彼の瞳が訴えかける『話しちまえよ』というオーラが俺の気持ちを急速に告白する方向へと傾けていったに違いなかった。

「誰にも相談できなかったんだろ？　俺が聞いてやるぜ」

確かに人殺しの相談など、誰にも——そう、誠二《せいじ》にもできなかった。だがそれを彼に言うには、と言い淀んでいた俺に、更に慶太が顔を近づけてくる。

「問題があるようなら、勿論偽名でもかまわねえ。オブラートに包みまくってもいいから、話してみろや。少しは気が紛れるぜ？」

「う、うん……」

偽名でもいいのなら、と頷いている自分がいた。実際、俺は誰かとこの悩みを共有したくてたまらなかったのだ。だが共有できる相手がいなかっただけに、一人で犯行を決意するしかなかった。そんな俺の心の隙間にすっと入り込んできた慶太に俺は、なぜ人殺しをするしかないとまでに思い詰めることになったのか、その経緯を話し始めてしまっていた。

2

俺がなぜ、フリーのルポライターの安原を殺そうとしていたか。

それを語るにはまず、俺の素性を語らねばならなくなる。

俺の名は望月君雄《もちづききみお》。この間二十一歳になったばかりの大学生だった。とはいえ大学には殆ど通ってない。小学校から持ち上がりの大学は親の金で入れたようなものなので、一年の途中からもう通わなくなってしまった。親に学費は払わなくていいと言ってあるが、多分まだ払い続けてくれているのだろう。

退学届けは出したが、大学側が親に連絡を取り、握り潰されてしまったようだ。まあ、大学を辞めて何をしたい、ということはなかったけれど、俺は親の庇護の手を離れたくて、家を出てアパートを借り、コンビニの店員のバイトで生計を立てていた。これといって特技のない俺には、コンビニ店員くらいしかできる仕事がなかったのだ。

そのコンビニで俺は、近所に住むという大手総合商社勤務の野村《のむら》誠二と、バイトと客として出会ったのだった。

誠二は二十八歳で、いかにも『エリート商社マン』といった外見をしていた。身長は一八〇センチ、イタリアの高級ブランド——ぶっちゃけアルマーニだ——のスーツに身を包む、超がつくほどのイケメンだった。
知性をこれでもかと感じさせる眼鏡と、学生時代はウインドサーフィン部に所属していたという胸板の厚い体形とのギャップに、まず俺はクラクラきてしまった。

あ、言い忘れたが俺は生粋のゲイで、物心ついたときから男しか恋愛の対象として見ることができなかった。

自分で言うことじゃないが、顔立ちもかなり『いい』といわれる部類に入っていたし、一七六センチで細身の体形というのも好まれることが多く、二丁目デビューした高校生のときから今に至るまで、狙った男の九割は落としてきた。

誠二もゲイだったため、駆け引きは遊び程度で、すぐに俺たちは恋人同士になった。俺は自分のアパートに帰らなくなり、バイト先近くにある誠二の、家賃が二十万以上する瀟洒《しょうしゃ》なマンションに入り浸り、二人の同棲が始まった。

誠二は俺に、バイトなんてしなくてていいよと言ってくれたけど、日中誰もいない部屋で一人でぼうっとしているのも馬鹿馬鹿しいので、昼間のシフトに変えてもらい、コンビニでのバイトは続けた。ずっと実家暮らしだったせいで、家事全般何もできなかったのだけれど、誠二と暮らすようになって掃除や洗濯、それに料理も少しずつ覚えていった。

ま、これもまた自分で言うことじゃないが、一度教われば俺はなんでも器用にこなした。料理も本を見ればたいていのものは作れるようになった。誠二は残業や接待も多く、家で夕食をとるのは週に二日あるかないかだったが、俺の料理の腕が上がってくるにつれ家で食べる回数も増えていった。

男同士だから結婚なんてできるわけもない。が、まさに新婚生活といっていい暮らしを始めてもう三ヶ月になる。この三ヶ月は、俺のこれまでの人生で常に感じてきた『自分の居場所がない』という不満が一気に解消された三ヶ月だった。

俺を求めてくれる人がいる。俺と一緒にいることで安らぎを覚えてくれている人がいる。なんて幸せなんだろう、と俺は浮かれまくってしまっていたのだが、不幸は突然にやってきた。

誠二と俺は性格だけじゃなく、身体の相性も抜群で、暇さえあれば俺たちは抱き合い互いに精を吐き出し合っていた。

それを家の中だけでとどめておけば、何の問題にもならなかったのだ。だが、誠二が近所の公園を散歩中に急に欲情した、それがとんでもない事態を引き起こした。

なんでそんなことになったのか——確か、俺がうっかり翌日の朝食に食べるパンを買い忘れた、ということから、二人で深夜の散歩に出ようという話になったんだと思う。

俺がバイトしているコンビニに二人で行くのはなんとなく気恥ずかしいからと、誠二はウチ——って誠二の家だが——から少し離れたところにあるコンビニに行こう、と俺を誘った。

食パンを購入した帰り道、家の近所まで戻ってきたとき、誠二が急に「ブランコに乗ろう」と俺の手を引き、公園に入っていったのだ。

最初は童心に帰ってブランコを漕《こ》いだりしていたのだが、不意に誠二が立ち上がり、俺に手を差し伸べてきた。

「なに？」

「君雄、外でやったことある？」

誠二は少し酔っていた。そうだ、彼は接待で夜中に帰ってきて、それで一緒に明日のパンを買いに行こう、となったのだった。

俺は酔っちゃいなかったので、いきなり何を言いだしたんだ、と驚きながらも、

「ないけど？」

と答えたのだったが、その答えを聞き誠二の目が更にキラキラと輝き始めた。

「ならさ、そこの茂みでやらない？」

「ええ？」

誠二が俺の腕を取り、強引に彼が指さした『茂み』へと向かっていく。

「ちょ、ちょっと待ってよ。こんな人通りが多いところで……」

時間は深夜だったが、俺たちがブランコに乗っている間にも、深夜帰宅らしい数人のサラリーマンやら、学生やらが公園の脇の道を通っていった。

人に見られたら、と俺は誠二を止めようとしたのだが、同時にその『人に見られたら』は俺の欲

情にも火を点《つ》けていた。

「大丈夫だよ。ここなら誰にも気づかれない」

誠二は別に下見をしていたわけじゃない――と思う。が、彼が俺を連れていったのは、確かに道路からは死角になると思われる大きな木の陰だった。

「でも……」

周囲に人はいない。だからといって外で、という俺の躊躇《ためら》いはもう、ほんの表面的なものだった。

そのとき俺はTシャツに短パン、という格好だったが、木を背に俺を立たせた誠二が短パンをパンツごと下ろすことに抵抗らしい抵抗もしなかった。

「やだ……っ……あっ……あぁっ……」

俺の前に跪《ひざまず》いた誠二が、フェラチオを始める。声が漏れるとヤバい、と気づき、慌てて唇を噛んだが、野外でされる初めての行為に俺はすっかり舞い上がってしまっていた。

フェラチオをしながら誠二が俺の片脚を自分の肩に乗せさせ、浮いた腰へと手を伸ばして後ろまで弄《いじ》り始める。前後を間断なく攻められ、俺はもう、自力で立っていることもできないくらいに昂《たか》まってきてしまっていた。

察した誠二が立ち上がり、俺の身体をその場でひっくり返すと、既に勃《た》ちきっていた彼の雄を俺の中へと埋めてきた。

「あっ……あぁっ……あっ……あっ……あっ」

最早声を堪えることなどできなかった。太い幹に抱きつき腰を突き出した姿勢で俺は力強い誠二の突き上げを受け止め、高く喘《あえ》ぎ続けてしまった。

腰の律動はそのままに、誠二の手が俺のTシャツを捲《めく》り上げ、乳首を弄り回す。胸まで弄られてはもう、我慢できなくなって、俺はかなり早い段階で達し、白濁した液を木の幹に飛ばしてしまっていた。

「……興奮したね」

互いに達したあと、誠二は俺と繋がったまま、背後から顔を覗き込み、にこ、と笑いかけてきた。

「……うん……」

確かに物凄く興奮した、と俺も頷き、誠二を見返す。

「ときどき、外でやろうか」

悪戯っぽく笑う誠二に、

「馬鹿」

と答えながらも、それもいいかな、と思っていたのだが、そんな『ときどき』が俺たちの上に訪れることはなかった。

翌日、朝家を出るときにはいつもどおり、明るい顔をしていた誠二が、帰宅したときには酷く疲れた表情になっていた。

「どうしたの？」

「……なんでもない」

青い顔をしていた誠二は俺の問いかけにその日は首を横に振ったのだが、彼の顔色は翌日、その翌日と日を経るにつれ悪くなっていった。

三日目に誠二は、会社を休むと言いだした。

「どうしたの？」

確かに体調は悪そうだったが、どちらかというと心に悩みを抱いているように見え、俺は誠二に対し、何か悩み事があるのなら打ち明けてほしい、と頼んだ。

「悩みなんてないよ」

最初は笑って否定していた誠二だが、俺が何度も「本当？」と尋ねると、ようやく話す決心がついたのか、

「実は……」

と驚くべきことを教えてくれた。

なんと彼は——脅迫されていたのだ。

あのアオカンの翌日、誠二の会社にフリーのルポライターを名乗る安原という男からこれから会いたいと電話が入ったのだという。

まるで心当たりもなかったし、なんだか胡散《うさん》くさそうだったので誠二は多忙を理由に断ろうとしたのだが、電話の向こうで安原の下卑《げび》た声が告げた内容を聞いては、忙しいと断ることなどできな

くなった。

『野村さん、あんた、T公園、知ってますよね？　昨夜あんた、そこで何しました？』

まさか、と思いつつも安原と会った誠二は、

「名刺がわりに」

と安原に俺との行為の最中の写真を突きつけられたのだという。

「な……っ」

なぜそんな写真を、と仰天する誠二に安原は、

「偶然、通りかかったんですよ。しかし大胆ですねえ」

と、赤外線カメラで写した俺たちの濡れ場写真を次々と示していったそうだ。

「……で？」

安原の用件は写真を見せることだけではなかったはずだ。脅迫されたのか、と誠二に聞くと、誠二はこくりと首を縦に振ってみせた。

「あいつ、僕の名前も勤め先も……所属している部まで、調べ上げていたんだ……」

力なく項垂《うなだ》れる誠二に状況を詳しく聞いたところ、安原は誠二の部長の名を挙げ、彼にこの写真を送りつけてもいいのか、と脅してきたのだと話してくれた。

「やめてくれ……っ」

当然ながら誠二はそう安原に頼み込んだ。

「それじゃ、五十万」

安原に言われ、その場で貯金を下ろして五十万円を支払った。だが安原の脅迫はそれだけでは止まらず、翌日にはまた電話がかかってきて、

「百万」

と告げられたのだという。

ボーナスが出たばかりだったので、その百万も用意することができた。が、百万円を渡したあと、味を占めたらしい安原は、次は三百万、と金額をつり上げてきたのだ、というところまで話してくれた誠二は「ああ」と両手で頭を抱えてしまった。

「三百万なんて無理だ。借金して払ったところで、奴はまた金額をつり上げてくるに違いない」

「お、落ち着いて、誠二」

警察に行こう、と俺は彼に訴えた。これは立派な恐喝だ。既に百五十万、取られているのだから、立派に立件できるだろう。

だが誠二は「警察は駄目だ」と激しく首を横に振った。

「会社に知られたらクビになってしまう」

「でもじゃあ、どうしたら……」

誠二は世間に対してカミングアウトをしていない。親にも明かしていないのだそうだ。それだけに、警察などに届けて公になったら困る、とぶんぶんと首を横に振ったのだった。

でもそれでは、このまま安原の脅迫を受け続けることになってしまう。百五十万払ったあとの誠二には、数十万の蓄えしかなかった。

こう言っちゃなんだが、今住んでるマンションの家賃からいってもわかるように、誠二は生活が派手なのだ。車も洋服も靴も超高級品を好む。それに見合うだけの給料は貰っているので問題はないのだが、貯蓄は殆どないのだった。

「……わかった。安原に会うとき、俺もついていく」

俺に何ができるかはわからない。ぶっちゃけ、何もできないとは思うが、誠二一人を苦悩の真っ直中に置いておくことはできなかった。

それで俺はその日の夜、安原のマンションを訪れる誠二についていったのだが、そこで俺が得たものは、これは骨の髄までしゃぶられるに違いない、という確信だった。

「恋人を連れてきたか」

安原は誠二から金を巻き上げる際、常に自分のマンションへと呼びつけていたという。その夜、彼は誠二に三百万の金を要求していたが、誠二が用意できたのは二十万円だけだった。

「三百万って言ったよなあ?」

安原が受け取った金で誠二の顔を叩く。

「………すみません、今、用意できるのはそれだけなんです」

卑屈にも思える腰の低さで誠二が詫びる姿を、俺はやりきれない思いで見ていることしかできずにいた。

「これだけ？　たった二十万？　野村さん、あんた、一流商社にお勤めなんでしょう？　給料だって馬鹿高いはずだ。それなのに二十万しか用意できないってことはないでしょう」

あはは、と馬鹿にしたように安原が笑い、またぺしぺしと一万円札で誠二の頬を叩く。

「……あの……」

もうこんな誠二の姿は見ていられない——そう思ってしまった俺は、堪らず安原に声をかけていた。

「美少年の恋人が、助けてくれるのかなあ？」

だが安原は俺の話を聞こうともせず、にやにや笑いながら誠二を見つめている。

「……き、近日中には必ず……」

力なくそう告げた誠二に安原は、

「仕方ない、わかったよ」

と、意外にも物わかりのいいところを見せ、にや、と笑って彼の肩を叩いた。

「あ、ありがとうございます」

誠二がほっとした顔になり、安原に深く頭を下げる。と、そのとき安原の視線が俺へと移ったので、俺も下げたくない頭を下げ「ありがとうございます」と礼を言った。それを奴が望んでいる顔をしていたからだ。

「三日待とう」

二人が這いつくばるようにして頭を下げたからか、すっかり上機嫌になった安原は歌うような口調でそう言い、再び誠二の肩を叩いた。

「ありがとうございます！」

誠二が力強く礼を言う。が、続く安原の言葉を聞いた瞬間、彼も、そして俺も絶句してしまったのだった。

「三日後に一千万、ここに持ってこいや」

「い……っ」

一千万、と目を剥《む》く誠二に、さも当然のことを言うような口調で安原は、

「三日待ってやるんだからよ」

と告げ、下卑た笑い声を上げた。

帰り道、誠二は一言も口を利かなかった。彼が思い詰めていることは嫌というほど俺にも伝わってきた。

一千万——簡単に用意できる金額じゃない。一体どうすりゃいいんだ、と俺も頭を抱えてしまっていたので、その夜、二人の間に会話はなかった。

翌日、誠二は会社へと出かけていったが、彼の顔色は青いままだった。俺もコンビニのバイトに行ったが、心ここにあらず、といった具合で、店長に何度も注意を受けることとなった。

午後六時に上がり、家に向かおうとしたとき、俺の携帯が着信に震えた。誰だ、と思いつつ開いたディスプレイに浮かぶ番号に覚えはない。無視しようと思ったが、なんとなく嫌な予感がし応対に出るとかけてきた相手はなんと——安原だった。

『君雄君？　これから俺のマンションに来られないかな？』

猫撫で声を出してきた奴の真意はわからなかったが、行って一千万という金額をもう少し値下げしてもらおうと思った俺は、請われるがままに彼のマンションを訪れた。だがそこで待ち受けていたのは、とんでもない商談だった。

「君、美少年だよね」

「少年じゃないです。もうハタチ超してるので」

「そりゃあちょうどいい」

何が『ちょうどいい』のかわからないが、満足げに頷いた安原がゲイかどうかは知らない。が、奴が俺を見る目は、いやらしいことこの上なかった。気色が悪いとそっぽを向いた俺に安原が猫撫で声で話しかけてくる。

「ねえ、彼氏の危機、救ってあげたくない？」

俺が切り出すより前にそう告げると彼は、にや、とそれはいやらしげに笑い俺の頭の先からつま先まで舐めるように眺めながらこんなことを言いだした。

「君がさ、風俗で働くってのはどう？　一千万稼ぐためには、一年……いや、二年くらいかなあ。

君くらい綺麗な子だったら、身体売ればあっという間にそのくらい稼げると思うんだよね」

「な……っ」

風俗、という単語に絶句してしまっていた俺へと手を伸ばし、安原がいやらしく囁《ささや》いてくる。

「そうでもしなきゃ、一千万なんて作れないんじゃないの？」

「は、離せよっ」

腕を捕られ、はっとして振り払うと、安原はゲラゲラと笑ったあとに、馬鹿にしたような視線を向けてきた。

「ま、あんたの彼氏が一千万作ればすむことだ。とはいえ一千万じゃ終わらないけどな」

またもゲラゲラと笑う安原を殴りつけたい衝動が込み上げてきたが、ここで殴ればますます条件が悪くなると思い直し、俺は奴のマンションを飛び出したのだった。

その後、もう一度安原からは電話があった。

『風俗で働く気になったかい？』

どうせ金は作れないんだろう、という彼の下卑た笑い声に耐えられず電話を切った俺だが、帰宅した誠二の疲れきった顔を見てしまっては、何も言えなくなった。

「どうしよう……どうしたらいいんだ……」

誠二は酷く追い詰められていた。今にも壊れてしまいそうな彼を見るのは辛かった。思えば俺には失って惜しいものは一つもない。唯一、実家に迷惑をかけることだけはすまい、という思いはあるが、俺自身が安原に脅された場合、失うものは何もないので、脅迫も成り立たない。

だが誠二は違う。一流商社に勤めている彼には、失いたくないものが沢山ある。どうしたらそれらを失わずにすむのか、俺は一生懸命解決策を考え続けた。

俺が風俗で働けばいいのか。一千万の金を二年がかりで支払えば、それで安原の気が収まるならそれでもいいかと俺は覚悟を決めていた。

だがこれまで金額をエスカレートさせてきた安原が、一千万で手を打つはずがない、という考えを捨てることもできなかった。

風俗で働くのはいい。身体を売ることに抵抗がないかと言われりゃ、勿論あるに決まっているが、それしか一千万円の捻出方法がないのなら、誠二のために風俗に身を堕《お》とすのも仕方がないと割り切ることができた。

だが俺が風俗で働いたあとも、誠二が安原に脅され続けたら――その思いが俺に、安原の要求を呑むことを躊躇わせていた。

三日なんてあっという間に経つ。誠二には金策の当てがない。どうしよう、どうしよう、と思い悩む俺の頭に浮かんだのは――安原を殺す、という考えだった。

この先一生脅され続けるかもしれないのなら、もう安原を殺すしかない。それから俺は綿密に彼殺害の計画を練った。

まず、約束の日の前日に誠二に内緒で安原にあと一日だけ待ってほしいと電話を入れた。

安原はゴネたが、翌日なら一千万用意できるので、と頼み込むと、渋々了承した。

それから俺は誠二に、安原から連絡があり、都合が悪くなったので金を持ってくるのは翌日でいいと言われたと嘘をついた。誠二は一瞬不審げな顔になったが、一日でも日が延びたのはありがたい、とすぐに俺の嘘を信じてくれた。

結局誠二には何も言わなかった。相談すれば必ず「馬鹿なことはよせ」と止められると思ったためだ。

実際俺も『馬鹿なこと』をしようとしている自覚はあったが、それ以外に誠二の危機を救う方法はどうしても思いつかなかった。

要は見つからなきゃいいのだ。だがもし見つかったとしても俺は誠二の名を出すつもりはなかった。

安原に風俗で働くように言われて、怖くなって殺した。そう言おうと思っていた。まるっきり嘘じゃないので多分、警察も信じてくれるだろう。

心配なのは、警察が俺じゃなくて誠二を疑うんじゃないかということだが、安原を殺したあとに証拠の写真を持ち出せば、誠二に辿り着くことはないんじゃないかと思う。

もしも辿り着いたとしたら、そのときには俺は自首しようと考えていた。何度も言うが俺には失うものがない。失いたくないのは誠二とのこの幸せな生活だ。

その幸せを壊そうとする野郎を殺すことになんの躊躇いもない――というところまではさすがに

思い切れなかったが、それしか道がないならもう、仕方がないと腹を括り、それで今夜、実行しようと安原のマンションを目指したのだが――。


「で、そこに俺の邪魔が入った、ってことだな」

長い俺の話を聞いていた慶太が、ニッと笑いかけてくる。俺や誠二の本名や、一流商社に勤めていることなどはぼかしたが、ほぼありのままを俺は彼に打ち明けてしまっていた。

慶太はなんというか――物凄く、聞き上手だった。そして物凄く勘がいい。

俺が話したいと思う方向へ方向へと導いてくれる相槌のせいで、最初は相当オブラートに包んで話そうと思っていたはずなのに、気づけば名前と勤め先くらいしかぼかさずに、俺はすべてを話していた。

「あんたさあ、そんなんで人殺ししようなんて、馬鹿よ。あんたの男が何を言おうが警察に訴えりゃあいいじゃないの」

カウンターの奥で俺の話に聞き耳を立てていたらしいミトモが心底呆れた声を出す。

「…………」

確かにそれが真っ当な意見だと俺も思う。が、『真っ当』が誰に対しても正しいわけじゃないのだ。

誠二はゲイであることを世間に対して隠したいと思っている。その気持ちを尊重してあげたかった。それくらいわかれよ、と俺はミトモをじろりと睨んだ。

「まあまあ、彼氏は一流会社勤務だからな。ゲイであることを隠したいと言われちゃ、警察には行けなかったんだよ」

今回もまた慶太は俺の心を物凄く正確に読んだ。まさに考えていたとおりのことをミトモに言ってくれると、なあ、というように俺の顔を覗き込んできた。

「あ、うん」

もしかしてこの人はエスパーか何かなんだろうか。そんな馬鹿げた考えが俺の頭を過《よ》ぎる。なぜそうも、まるで俺の頭の中を覗いているかのように、俺の考えていることがわかるのだろう、と俺はつい、まじまじと慶太の顔を見上げてしまった。

「ん？」

視線に気づいた慶太が、濃い睫に縁取られた黒い瞳を細め、微笑んでみせる。

「…………っ」

なんてフェロモン、とくらくらくるほどの男の色気に圧倒され、思わず絶句する。そのまま彼の顔を見つめ続けていることができなくて、俺は目を伏せやたらと鼓動が速まってくる自分の心臓に手を乗せた。

一体何をどきどきしているんだと自身の身体の変化に動揺していた俺の耳に、

「よし、わかった」

という明るい慶太の声が響く。

「……え？」

何がわかったのだ、と未だどぎまぎしていた胸を押さえながら再び慶太を見る。と、慶太は俺に向かい、またもくらくらくるようなフェロモン溢《あふ》れる笑みを浮かべてみせると、一言、

「俺に任せろ」

と己の厚い胸板を叩いてみせたのだった。

3

自分で選択したとはいえ、どうしてこんなことになってるんだろう、と俺は慶太と待ち合わせた安原のマンション近くのファミリーレストランの入り口近い席で、一人溜め息をついていた。

『俺に任せろ』

そう笑った慶太の顔がフェロモンだだ漏れであまりにもかっこよすぎたためか。

『慶太に任せておけば安心よ』

横から茶々を入れてきたミトモの言葉に乗せられてしまったからか。

いや、それだけ俺は切羽詰まっていたということだろう、とまたも溜め息をつき、随分前にドリンクバーから持ってきたまま放置していたせいで、すっかり気の抜けてしまっていたコーラを飲む。せっかくドリンクバーにしたのに、緊張が勝って食べ物どころか飲み物すら少しも喉を通っていかない。

しかし本当に慶太はどうやって安原から写真を巻き上げるつもりだろう、と三十分かけてようやく空になったコップをテーブルの上に下ろしたそのとき、入り口のドアが開く際に響く、ピンポーン、という音と共に女性店員の、

「いらっしゃいま……」

という、途中までが明るく、途中から消え入るようになった声が聞こえた。

「?」

この店は客の来店時に「いらっしゃいませ、禁煙席と喫煙席、どちらになさいますか?」と一気に続けるのがデフォのはずなんだが、と顔を上げ入り口を見やった俺の目に、さすがにこれは女性店員も絶句するわ、としか思えない男たちの姿が飛び込んでくる。

一言で言うと、来店したのは——チンピラ、だった。

いかにもテレビドラマに出てきそうな、ガラの悪い連中が、怯《おび》えて立ち尽くす女性店員をぐるりと囲む。

「な……」

なんだってここにヤクザが、と、店内の他の客たち同様、唖然として彼らを見てしまっていた俺だが、チンピラの間をかき分けるようにして歩み出てきた、一際《ひときわ》迫力あるヤクザの姿を見た途端、驚きのあまり大きな声を上げてしまったのだった。

「うそっ」

「おう、そこにいたか」

いかにもヤクザの幹部といった外見の男の顔には確かに見覚えがあった。

「あ、あきやまさん……」

そう、サングラスを外し、俺に手を振ってきたのはなんと、『便利屋』であるはずの慶太だったのだ。

「伝票、持ってこいや」

にこにこ笑いながら慶太が俺に向かい手を差し伸べてくる。おかげで店内中の視線を集めることとなった俺は、何が起こっているのかまるでわからずあたふたしてしまいながらも、机の上に置かれた伝票を持って立ち上がり、レジへと向かった。

「おごってやる」

慶太がニッと笑い、内ポケットから財布を取り出す。彼の腕には、演歌歌手の大御所がするような、金ぴかのロレックスが光っていた。

ポケットから取り出した財布も分厚く、開いたときにちらと見えた中には一万円札がそれこそ一束——百万ほど入っているようだった。

別に出してくれなくてもいい、と俺が声を発するより前に、慶太は俺のドリンクバーの代金を払うと、チンピラたちをぐるりと見渡しドスの利いた声を出した。

「行くぞ」

「はい」

チンピラたちは実に礼儀正しく慶太に向かい一礼すると、店内を威嚇《いかく》するように見回しながらドアから出ていった。

「あ、ありがとうございました……」

消え入りそうな声で女性店員が礼を言うのを、

「邪魔したな」

と慶太が振り返り、ニッと笑いかける。

「……っ」

ますます恐怖を煽られたらしい彼女が声にならない悲鳴を上げる。それもわかる迫力だ、と顔を見上げる俺の背を促し、慶太もまたチンピラの一人が開いたままにしていた店のドアを元気よく出たのだった。

「あ、あの……っ」

そのまま俺の背を抱くようにして、安原のマンションへと向かう慶太に、俺は必死の思いで声をかけた。

「なんだ？」

慶太が答えると同時に、彼を取り巻いていたチンピラたちが、じろりと俺を睨む。

「あ、あなた、便利屋じゃなくてヤクザだったんですか？」

恐ろしいがそこはきっちり確認しておかなければ、と勇気を振り絞り慶太に問いかけた途端、チンピラたちが更に恐ろしい顔になったのを目の当たりにし、言葉が喉の奥に呑み込まれる。

「いいから任せとけって」

恐ろしさのあまり竦《すく》んだ足が止まりそうになったのを、慶太は俺の背を促すことで無理矢理前へと出させ、これからどうなるんだという不安を抱えたまま俺は安原のマンションへと向かうこととなった。

約束の時間より二時間も前であるので、安原が家にいるかどうかはわからない。が、慶太は俺の肩を叩くと、オートロックのインターホンを鳴らせと目で指示し、自分は他のチンピラたちと共にカメラに映らないところまで下がって待っていた。

本当にインターホンを押していいものだろうか——逡巡《しゅんじゅん》する俺の背を、後ろから駆け寄ってきた慶太がバシッと叩く。

「俺に任せろと言っただろう?」

確かに任せろとは言われたし、俺も任せると決意した。が、それは彼が顧客満足度九十五パーセントを超える便利屋だと思ったからだ。

ヤクザだと知っていたら、任せやしなかった。ますます話がややこしくなるんじゃないか、と案じはしたが、チンピラ軍団の目線が俺の指を動かした。

ピンポーン——。

インターホンの音が辺りに響く。頼むから在宅していないでくれ、という俺の祈りは空《むな》しく潰《つい》えた。

『なんだ? 君雄君じゃないか。どうした?』

オートロックのカメラに映ったらしい俺に、インターホンの向こうから安原が声をかけてくる。

「あ、あの……」

なんと答えればいいんだ、と口ごもった俺の背後で、抑えた咳払いが聞こえた。

いうまでもなく咳払いの主は慶太だった。打ち合わせどおりやれということだろうと察したが、なかなか口が開かない。

だが再び、先ほどよりも大きな咳払いが響いたのに、このまま黙っているほうがよっぽど怖くなった俺は、昨夜打ち合わせたとおりの言葉を口にしたのだった。

「あ、あの、話があるんです。入れてもらえませんか?」

『話?』

インターホンの向こうで安原は訝《いぶか》しげな声を上げたが、すぐに、

『なんだか知らないが、入れよ』

とロックを解除してくれた。

「あ、ありがとうございます」

礼を言い、自動ドアへと向かう。慶太たちはその場を動かなかったが、俺が一旦中に入ると、開けろ、と目で合図をしてきた。

オートロックは中側からはマットを踏むだけで開く。どうしよう、と思いはしたが、そもそも俺一人で安原を訪れることに意味はない。

大丈夫だろうか、と案じはしたが、ここまで来てしまっては後戻りはできない、と考え直し、慶太たちのためにオートロックの自動ドアを開いた。

「サンクス」

ドアが開くやいなや入ってきた慶太がニッと笑って俺の肩を叩く。彼に続いてチンピラたちも一斉に入ってきた。

「大丈夫だって」

途端に不安に苛《さいな》まれることになった俺の肩を抱くようにしながら、慶太が俺をエレベーターの前まで連れていく。ちょうど一階で待機していたらしく扉はすぐ開き、慶太に背を押された俺が乗り込んだそのあとに、慶太をはじめとするチンピラたちも全員乗り込んできて、箱の中はすし詰め状態となった。

安原の部屋は四階だったが、ボタンを押したのは慶太だった。

「…………」

なぜ知ってるんだ、と顔を見上げるとちょうど彼はサングラスをかけようとしていたところだったのだが、俺の視線に気づいたようで、パチ、とウインクしてきた。

「……っ」

恐ろしげな外見であるにもかかわらず、やはり彼のウインクはフェロモン全開で思わず息を呑んでしまう。そんな俺を見て——そのときにはもう濃いサングラス越しにだったが——慶太はくす、と笑うと俺の肩を抱き、チン、という音と共に扉が開いた、その扉からフロアへと足を踏み出した。

あとにぞろぞろとチンピラを引き連れていた慶太は、俺の案内を待たずに奥から二番目の安原の部屋の前に立った。

と、慶太がまた俺から一歩離れ、チンピラたちにも目で合図を送り少し距離を取らせる。そうしておいて彼は今度は俺に、ジェスチャーでドアチャイムを押せ、と命じてきた。

これから何が始まるのか。今以上の面倒は背負い込みたくない。それでも俺がドアチャイムに指を伸ばしたのは、背後に控えるチンピラたちが恐ろしかったから——という理由だけではなかった。

今はどうやってもヤクザのようにしか見えないが『俺に任せろ』と言った慶太の言葉を信用してみよう——それが俺が腹を括った、一番の理由だった。

第一、安原を殺そうとまで追い詰められていた、今の状況以上に悪いことなど起こるわけがない、と自身に言い聞かせ、俺はそれでも震えてしまっていた指先でドアチャイムを押した。

次の瞬間、ドアが開いたのはおそらく、俺たちがエレベーターで四階まで上がる間に安原はドアの前まで来ていて、すぐに開けてくれたからだったのだろうが、ドアがほんの数センチ開いたときには既に慶太の手が伸び、がっちりとそのドアを掴んでいた。

「……な……っ」

扉の向こうには、唖然とした顔になった安原がいる。

「邪魔するぜ」

慶太はドスの利いた声でひとことそう言うと、「おい」と背後に控えていたチンピラたちに声をかけた。

「はい」

「お供します」

チンピラたちが口々に声を上げ、強引に慶太が開いたドアの中へと向かっていく。

「な、なんだね、君たちは。警察を呼ぶよ？」

唐突に現れたヤクザの集団を前に、安原は気が動転しているらしく、すっかり裏返った声でそう叫び始めた。

「警察呼んだら困るのはあんたのほうじゃねえの？」

慶太がにやりと笑い、安原に声をかける。

「な、なにを……っ」

その言葉を聞いた途端安原は、一瞬俺を見たあと、しまった、としかいいようのない顔となった。

「ともかく、話をしようぜ」

言葉を失う安原に慶太がまたニッと笑いかけ、俺の背を促すようにして室内へと足を踏み入れる。

「立ち話もなんだ。リビングでゆっくり話そうぜ」

慶太はそう言ったかと思うと、顔色を失い立ち尽くす安原の横をすり抜け、そのまま廊下の突き当たりにあるリビングへと進んでいった。

慶太はマンションの間取りも知っていたのか、と驚きながらも彼に促され、俺もまたリビングへと向かう。

「ま、待て！　何をしようっていうんだ」

背後で悲鳴のような声がしたので肩越しに振り返ると、恐ろしげな顔をしたチンピラたちが安原を取り囲んでいるのが見えた。

「話をしようって言ったじゃねえか」

来いよ、と慶太が足を止め、安原を促す。同時にチンピラたちが安原を囲んだまま、ざざ、とリビングに向かい動いた。

「わ、わかった。わかったって」

安原がまた悲鳴のような声を上げたあと、観念したのかこっちに向かって歩いてくる。慶太はそれを見て満足そうに笑うと、とても人の家とは思えない慣れた仕草でリビングのドアを開き、窓辺のソファへと進んでいった。

「さて、と」

どっかとソファに腰掛け、隣に座らせた俺の肩を抱いた慶太が、手下と思われるチンピラたちに取り囲まれて彼の前に立つことになった安原に向かい、にやりと笑いかける。

「あんた、このボーヤを脅迫してるんだろ？」

「……っ」

あまりにもストレートに斬り込まれたためだろう、安原がぎょっとした顔になり、慶太を、続いて俺を見た。

「してんだろ？」

と、それまで笑っていた慶太が不意にドスを利かせた声を出す。

「ひっ」

安原が悲鳴を上げるほどに――そして俺が声を失うほどに、慶太の凄みには迫力があった。

「黙ってちゃわからねんだよ。脅迫してんだろ？　M商事勤務の野村とかいう野郎とのアオカンをネタによ」

「なっ」

更に突っ込んだところを言われ、絶句する安原同様、俺も慶太の横で仰天していた。

なぜ慶太は誠二の名や勤務先を知っているんだ？　俺は名前も会社名も慶太には喋《しゃべ》らなかった。

それなのになぜ、と唖然としていた俺の肩を慶太はぐっと抱き寄せたかと思うと、またも俺を仰天させるようなことを言いだし、ますます俺から言葉を奪っていった。

「あんた、野村とこいつに一千万、要求したそうだな。阿漕《あこぎ》にもほどがあるぜ。さすがに支払い能力を超えてるっちゅうことで、こいつから泣きが入ったんだよ。なんとかしてほしいってな」

そう言い慶太は俺の肩を抱いていないほうの手をスーツの胸元に突っ込んだかと思うと――。

「ひぃっ」

安原が悲鳴を上げるようなものを彼の額に突きつけた。彼はなんと、拳銃を持参していたのだ。

「安モンのトカレフだからな。いつ暴発するか、わからねえぜ」

ぴたりと銃口を安原に押し当てながら、慶太が凄みのある笑いを浮かべてみせる。

「ひぃぃぃぃっ」

今や安原は完全にビビっていた。これまで居丈高な奴しか見たことのなかった俺にとって、そんな姿は痛快なものであるべきなのに、拳銃まで持ち出されてしまうともう、何がなんだかわからなくなってきた。

その上なぜか慶太は俺が話した以上のことを熟知しているのだ。やっぱり彼を信用してしまったのは間違いだったんだろうか――漏らしそうなくらいにビビっている安原同様、ビビっていた俺の肩に乗せられた慶太の手は重かった。決して逃がすまいという彼の心情を物語っているとしか思えないその重さに耐えきれなくなってきたとき、慶太のドスの利いた声が響き渡った。

「死にたくなかったら、こいつを脅した写真、全部持ってこいや」

「ひぃいいいいっ」

安原は悲鳴を上げると前につんのめるようにして仕事机と思われるところへと進んでいった。彼のあとをチンピラが追う。

がたがたと震えながら安原はソファへと戻ってくると、

「こ、これです。これだけです」

と写真の束とネガフィルムを差し出してきた。

「デジタルカメラじゃなかったのか?」

慶太がそれらを安原から奪い取ったあと、じろ、と彼を睨む。

「は、はい」

「見せてみろ」

頷いた安原に慶太が凄むと、安原は泣きそうな顔になりながらもまた転がるようにして仕事机へと向かっていった。

「ど、どうぞ」

差し出されたデジカメを取り上げ、写真をチェックする。

「ないようだな」

ひととおり見終わると慶太はそのデジカメをぽんと安原に放って返した。

「わっ」

上手く受け取ることができず、安原がデジカメを床に落とす。そのときには慶太は既に俺を促し立ち上がっていた。

「万一また、こいつを脅すようなことがあればどうなるか……肝に銘じておけよ?」

ドスの利いた声でそう言い、蹲《うずくま》る安原の肩に慶太が長い足を乗せる。

「は、はい……っ」

俺の前では常に居丈高だった安原が、今や小便ちびりそうな情けない顔をしていた。

「もう、脅さねえな?」

慶太が軽く安原の肩を蹴り、再度確認を取る。

「や、やりませんとも……っ」

ぶるぶると首を横に振る彼に慶太は「よし」と満足そうに笑いかけると、室内を見渡しチンピラたちに声をかけた。

「帰るぞ」

「はい、若頭」

口々に返事をするチンピラの一人は、慶太に『若頭』と呼びかけていた。若頭ってヤクザの中でも相当偉いポジションなんじゃなかったか、と思ったのは俺だけじゃなかったようで、

「若頭……」

と呟《つぶや》く安原の声が背中で聞こえる。

「ああ、それから」

チンピラたちを引き連れ玄関へと向かっていた慶太が、何か思いついた顔になり安原を振り返った。途端にチンピラたちがさっと身体をずらし、安原と慶太の間にモーゼの十戒さながらの道ができる。

「警察に届けようなんて、思うんじゃねえぞ」

慶太の言葉に、今度は安原はぶんぶんと、それこそ首がもげるんじゃないかと思うくらいに激しく縦に振ってみせた。

自分も俺を恐喝していたわけだから、まあ、もともと警察に届けることはできなかっただろうが、恐ろしいヤクザの報復は更に彼の足を警察から遠のかせるに違いない。

そう思いながら俺は慶太を――そして彼が写真を入れたスーツの内ポケットを見た。

「ん？」

慶太は俺の視線に気づき、問いかけてきたが、俺が口を開くより前に、

「先におさらばしようぜ」

と笑い、足早に玄関へと向かっていった。

慶太の先に立ち、チンピラが開いたドアから出て、エレベーターへと向かう。

建物の外に出たところには、立派な黒塗りのベンツが停まっていた。俺たちの姿を認めた運転手が降りてきてベンツの後部シートのドアを開く。乗れ、と慶太に促され俺が乗ったあとに慶太が乗り込んできた。

「お疲れ様でした！」

「お疲れ様でした！」

チンピラたちが車を取り囲み、大声で挨拶をする。

「ああ」

慶太が笑顔で彼らに頷いている間にドアは閉められ、運転席に戻った男が車のエンジンをかけた。

そのまま車はチンピラたちに見送られ走り始めた。どこに向かっているのだろうと思っていたが、安原のマンションに面した道を右折したあとワンブロック走った辺りでなぜか車は停まった。

「お疲れ」

と、慶太が身を乗り出し、運転席に座る男に笑いかける。

「またなんかあったら、声、かけてください」

いかめしい顔をしていた運転手が、帽子を取ると、慶太を振り返りニッと笑った。

「さ、降りるぜ」

何がなんだかよくわからない、と俺が戸惑っている間に、慶太はさっさと自分で後部シートのドアを開き車を降りた。

「え？　え？」

さっきは恭《うやうや》しげに運転手がドアを開けていたのに、と驚きながらも俺も慶太に促され、車を降りる。

「レンタル料、三十分なら五千円ですむんだよ」

慶太はそんな意味のわからないことを言うと、運転席の男に向かい、

「よろしくな！」

と声をかけた。

「お疲れ様です」

クラクションを数回鳴らし、車が走り去っていく。一体何が起こっているのか、と戸惑いまくっていた俺の目に、少し離れたところに停車されていた見覚えのある黄色のビートルが飛び込んできた。

「さ、戻ろうぜ」

サングラスを外した慶太がビートルを目で示してみせる。

「も、戻る?」

「俺の事務所だよ。さ、行くぜ」

どこに戻るっていうんだ、と戸惑っていた俺の背を慶太は促し、ビートルへと向かっていった。

助手席のドアを開いてくれた彼をまじまじと見やってしまったのは、状況を一刻も早く説明してもらいたかったからと、もう一つ、このドアが内側からは開かないと知っていたためだった。

慶太は拳銃を持っている。しかもヤクザの若頭らしい。そんな男についていって大丈夫なのか、という不安が俺の足を竦ませていた。

「いいから乗れって」

俺の逡巡に気づいているのかいないのか、慶太が強引に俺を車に押し込もうとする。逃げるなら今だ、と思いはしたが、今や慶太が俺と誠二の恥ずかしい写真の持ち主となっている、その事実が俺を諦めの境地へと導いていった。

逃げたところで写真をネタに脅されるのだ。しかも慶太は誠二の名前も勤め先も知っているようだった。となると、当然俺の本名も知っているだろうから逃げようがない、と腹を括って助手席に乗り込むと、慶太はよほど満足したのか、鼻歌を歌いながら運転席に乗り込んできた。

「いやあ、うまくいったな」

運転しながら慶太が俺に話しかけてくる。

「……はい……」

返事が我ながら丁寧になってしまったのは、相手をヤクザだと知ったためだった。怒らせちゃいけない。まずは穏便に話を持っていき、彼のポケットにある写真を取り返さなければ。

安原からの脅迫に怯える必要はなくなった。が、次に慶太が——ヤクザが脅迫してきたとしたら、結果は一緒だ。

やっぱり会ったばかりの人間を易々と信用するべきじゃなかったのだ、という尽きせぬ後悔が俺を襲う。

安原の要求額が一千万だとすると、慶太はいくらふっかけてくるつもりだろうか。一億などと言われたらどうしよう、と不安のあまりキリキリとした痛みを胃に感じながらも、俺は慶太が鼻歌交じりに運転するビートルの助手席で身を竦ませ、想像以上の不幸がこの身を襲いませんように、と天に祈り続けた。

4

慶太の事務所は新宿二丁目の裏手にあった。今にも倒れそうなビルの四階で、他のテナントもなんとも怪しげな名前ばかりである中、慶太が探った郵便受けには商売をしているのであれば当然出ているはずの表札がなかった。

四階までは階段なのだが、それを登りきったところにある扉にも探偵事務所の看板はない。

やっぱり彼は探偵などではなくヤクザだったのでは、との認識を新たにしていた俺の前で慶太は、ヘアピン一本で開けられちゃうんじゃないのと思われる鍵でドアを開くと、

「どうぞ」

と俺を中に招き入れたのだった。

「…………」

事務所内部に人はいなかった。少々雑然としてはいるが、ヤクザの組事務所というよりは探偵事務所に見える。

「座ってくれ。何か飲むか？」

そう言いながら慶太は部屋の中央にある、古びた革張りのソファを俺に勧めた。

「あ、いえ……」

「何、硬くなってんだよ。確か成人してたよな？　ビールでいいか？」

慶太が笑いながら部屋の隅にある冷蔵庫へと近づいていき、扉を開けて中から取り出したスーパードライを手に戻ってくる。

「ほら、座れって」

まだ立ち尽くしていた俺に慶太はニッと笑うと、一缶を差し出してきた。

「ありがとうございます……」

やたらと親切なのが逆に恐ろしい。それが顔に出たからだろうか、おずおずと手を差し伸べた俺に慶太は缶ビールを渡しながら、訝しそうな表情となり問いかけてきた。

「なんかビビってるな。どうした？」

「いや、その……」

さすがにあなたがヤクザだから、とは言えず口ごもった俺の心を、今回も慶太はあまりにも正確に読んだ。

「まさかと思うが、俺のこの変装、本気にしたか？」

にやりと笑いながら慶太がそう言い、なんと内ポケットから再び拳銃を出してみせる。

「……っ」

まさか撃たれるのか、と声にならない悲鳴を上げぎゅっと目を閉じた俺の耳に、高らかな慶太の笑い声が響いた。

「おい、落ち着けよ。こりゃ偽物だ」

「え？」

俺が目を開いたと同時に慶太が銃口を天井に向け引き金を引く。

「……え？」

その瞬間、ぽん、という音がしたと同時に銃口からは銃弾ではなく万国旗が飛び出してきたのを目の前に、俺は暫《しば》し唖然としてしまっていた。

「オモチャだよ。ま、特製品だけどな」

限りなく本物に近く造ってある、と慶太は笑い、俺に拳銃を手渡した。

「………」

こんなオモチャに安原はビビリまくっていたのか、とそれを受け取りまじまじと眺めたあと俺は、と、いうことは、と慶太へと視線を移した。

「そう、俺がヤクザの若頭っていうのも嘘なら、一緒にいたチンピラたちも勿論、偽物だ」

「ええ？」

彼らも、とまたも驚きの声を上げた俺の手から慶太は身を乗り出して拳銃を受け取ると、飲めよ、とビールを目で示しながら悪戯っぽく笑い、言葉を続けた。

「知り合いの劇団員たちだ。いい演技してただろう？」

「あ……」

ここでようやく俺は、慶太がベンツをあっという間に降りた理由に気づいたのだった。

あれもレンタルだったんだ――『三十分なら五千円ですむ』の意味がようやくわかった、と納得したと同時にほっとしてしまい、缶ビールにようやく手が伸びた。

プルトップを上げ、冷えたビールをごくごくと一気に飲む。

「飲みっぷりがいいね」

慶太は俺にそう声をかけてきたが、彼もまたプルトップを上げるとほぼイッキする勢いで缶ビールを飲み干した。

「さて、と」

ぐしゃ、と手の中で缶を潰した慶太が、内ポケットに手を突っ込んだかと思うと、安原から取り上げた写真とネガフィルムを俺の前に置いた。

「ここで燃やしていってもいいぞ」

そう言い、慶太が灰皿をその写真の横に置く。

「古すぎるビルだから、スプリンクラーも火災報知器もついてない。がんがんに燃やしてくれてもオッケーよ？」

続いて彼はポケットに手を突っ込むと、ジッポーのライターを取り出し、ぽん、と写真の上に放った。

「うん……」

今時、火災報知器の設置は義務づけられてるんじゃないのか、と思いながらも俺は、これまで苦しめられ続けていた写真から今すぐにでも逃れたい思いから、慶太のライターを手に取り、灰皿の上でそれに火を点けた。

「わ」

思いの外高く炎は上がったものの、やがてすべての写真が、そしてネガフィルムがその炎に包まれていった。

なんともいえない匂いが充満してきたためだろう、慶太が立ち上がり、窓ガラスを開けてまたソファに戻ってきた。

「本当にどうもありがとうございました」

深く頭を下げた俺の耳に慶太の「いいってことよ」という陽気な声が響く。そのとき俺の頭に、あれ、という疑問が宿った。

「……あの……」

その疑問を解明すべく、顔を上げて慶太を見る。

「ん？」

そんな俺に慶太は目を細め、唇の端をきゅっと引き結ぶようにして笑いかけてきたのだが、決まりに決まった男くさいその表情はやはりフェロモン全開だった。

「……っ」

うわ、と思わず息を呑んだ俺を見て、慶太がくすりと笑う。こいつ、絶対自分の魅力に気づいてやがる、と察した俺の頭にカッと血が上った。

もともと俺はこういう自信過剰な――実際『過剰』ではないのかもしれないが――男が嫌いなのだ、と慶太を睨みつけると、慶太はまたもくすりと笑い口を開いた。

「何か言いたいことがあったんじゃないのか？」

「あ、ああ」

それを忘れてどうする、と俺は自分を情けなく思いつつも、抱いていた疑問を慶太にぶつけた。

「あの、秋山さんはなんで誠二の名前や勤務先、知ってるんです？　それに安原のマンションの部屋番号も……俺、言ってなかったですよね？」

「あ？」

慶太は俺の問いに一瞬目を見開いたものの、すぐにまたあの男くさい――そしてフェロモンだだ漏れの笑みを浮かべ、そればかりか長い睫を瞬かせるウインクをして寄越した。

「そりゃもう、蛇《じゃ》の道はヘビ……ってね」

ぱちり、という効果音が聞こえてきそうなウインクに、またもくらりときそうになる。が、フェロモンで誤魔化されるわけにはいかない、と俺は身を乗り出し慶太の顔を覗き込んだ。

「調べたのか？　どうやって？　昨日の今日じゃないか」

安原の名前は教えたので住所は調べようがあっただろう。だが、誠二については調べる術《すべ》がなかったはずだ。

一体なぜ、慶太は彼のフルネームや勤め先まで知り得たのか。それを教えてもらうまでは誤魔化されるものか、ときつく彼を睨んでいた俺の視線の先で、慶太がふっと笑った。

「だから蛇の道はヘビって言っただろ?」

言いながら慶太がテーブルを回り込み、俺の座るソファの隣へと腰掛ける。三人掛けのソファの真ん中に座っていたが、体格のいい慶太に隣に座られると身体が密着しそうになり、さっと横に避けようとしたところ、いきなり伸びてきた慶太の腕が俺の肩を抱き、動きを制した。

「な、なにを……っ」

最初俺は彼に暴力を振るわれるのかと思った。なので慶太の胸を押しやり身体を離そうとしたのだが、慶太が俺に加えようとしていたのは暴力ではなかった。強引に俺を胸に抱き寄せたかと思うと、いきなり彼はキスをしてきたのだ。

「……っ」

びっくりしたあまり、開いてしまっていた唇の間から慶太の舌が挿入してきたかと思うと、逃れることを忘れていた俺の舌をあっという間に捕らえ、きつく絡みついてくる。

痛いほどのキス、という言葉があるけど、慶太のキスはまさにそんな感じだった。それでいて苦痛はなく、甘美な魔術にかかったように頭の芯がくらくらしてきて、そのまま彼の胸に倒れ込みそ

うになる。

俺の舌を捕らえていた慶太の舌が激しく蠢《うごめ》き口内を舐《ねぶ》りまくる。それだけで勃起してきてしまう、そんな自身の身体の反応が逆に俺を我に返らせた。

「やめろよっ」

ドンッと慶太の胸を両手で突き、身体を離す。

「………」

慶太は再び俺を強引に抱き締めることなく、無言でじっと見つめてきた。潤んだ彼の黒い瞳に引き込まれそうになる自分が信じられず、俺はソファから立ち上がるとそのまま事務所を走り出ていた。

階段を下り、ビルの外に出る。その後もやみくもに走ってしまったのはなぜなのか、自分でもよくわからない。

ともかく慶太から離れたかった。彼のキスに身も心もとろけてしまいそうになる、あの感覚が怖かった。しっかり形を成しつつあったペニスの存在も走っているうちに忘れることができ、息が切れまくってしまったために俺はようやく足を止めた。

早鐘のようだった鼓動がやがて収まってくる。全身にびっしょりかいた汗が冷え、肌に貼り付いていたシャツがその冷たさを伝えるのに、ぶるっと身体が震えた。

次第に冷静になってきた頭で俺は一連の出来事を思い起こしてみた。

安原から脅迫のネタである写真を取り上げることには——確かに成功した。あれだけビビっていた様子からも、安原は二度と誠二を脅迫してこないだろう、とそれは安堵できる。

だがなぜ、慶太が誠二の名前や勤め先を知っていたか、その答えはまるで得られていない。改めてそれに気づいた俺の口から溜め息が漏れた。

あのキスは俺の質問を誤魔化すためのものだったんだろう。そうわかった今、慶太のもとに引き返し、再び問いかける必要がある、それは勿論わかっている。

だがまたキスされてしまったら？　体格からいっても慶太に押し倒されたら逃れる術はないように思う。

それでまた、適当に誤魔化されることになるのなら、引き返す意味がない。

要は気を確かに持ち、慶太のキスなど無視して質問すればいいのだ、という選択肢も勿論あったが、はっきりいってそれができる自信はまったくなかった。

あんな歩くフェロモンみたいな男に対抗できるわけがないんだ、と自分を慰めたものの、やはり彼が誠二のことを知っていたのが気になる。

しかしそれを解明する方法は、と考え、ピンと頭に閃《ひらめ》いたのが、新宿二丁目のゲイバーだった。

あのミトモとかいう店主は慶太と凄く親しそうだった。彼に聞けば慶太が一体どういう人物か、少しはわかるかもしれない。

よし、行ってみよう、と俺は走ったせいで二丁目からかなり離れてしまったその道を再び引き返し、昨夜慶太に連れていかれた新宿二丁目のゲイバー『three friends《スリー フレンズ》』へと向かったのだった。


「いらっしゃいませえ」

カランカランとカウベルの音を慣らしつつ店内に入った途端、ミトモの愛想のいい声が響き渡った。

が、店に来たのが俺だとわかった瞬間、ミトモの顔から営業スマイルが消えた。

「なによ、あんた。なんか用?」

愛想なく——どころかつっけんどんに問いかけてきたミトモからは、とても話を聞き出せるような雰囲気はない。どうしようかな、と俺は一瞬考え、そうだ、客として来たことにすれば少しは愛想もよくなるだろうと思いついた。

「酒、飲みたいと思って」

我ながら媚びた笑みを浮かべ、座っていいか、とカウンターを目で示す。

「ふうん」

ミトモは俺の言葉を最初から信じていないようで、愛想の欠片《かけら》もない相槌を打つと、『どうぞ』と言うより前に意地の悪い言葉をかけてきた。

「ウチは高いのよ。あんた、支払い能力あるの？」

「高いってどのくらいだよ？」

このあたりで俺も相当カチンときてしまっていた。確かに慶太の話を聞きたいという目的はあったが、客として来ているものを店の人間としてその態度はないだろう、とむっとしつつ問い返す。

「水割り一杯一万円」

だがさすが年の功といおうか——本当に言ったら店を叩き出されそうな雰囲気はあるが——ミトモは一言そう言い、どうだ、とばかりに俺を見やった。

「別にかまわねえよ」

心の中で、げっと悲鳴を上げるような金額だったが、今日は幸いなことに財布に一万円札が入っている。ちゃんと払えるぞ、と胸を張りカウンターに腰掛けた俺に対し、ミトモはさも馬鹿にしたような視線を向けると、俺の前に空のグラスを置いた。

「水割りでいいの？」

「ああ」

頷いてみせると、ミトモはまた、やれやれ、というように肩を竦めグラスに氷を入れ始めた。

「で？　なんの用？」

やはりミトモにはお見通しだったようで、薄めの水割りを作ってくれたあとに、じろ、と睨みつけながら問いかけてくる。

「秋山慶太のこと、教えてもらいたいと思って」

俺に残された時間は、この水割りを飲みきる間のみだ。まあ、三時間かけて飲んでもいいんだが、ミトモの様子からあまり長居はできそうになかった。

それでずばりと本題を切り出したのだが、ミトモの対応はまるでふざけたものだった。

「慶太のこと？　何が知りたいのかしら？　年齢？　好みのタイプ？　それとも恋人がいるかどうか？」

「そうじゃなくて」

否定したものの、何をどう聞いていいのかわからない。

「それじゃなんなのよ」

ミトモは逡巡する俺の心を読んだかのようにまたも意地の悪い目線を俺へと注ぎながら問いかけてきた。

「だから……」

俺が聞きたいのは、どうして慶太は俺のパートナーについて瞬時にして調べ上げることができたのか、ということだった。が、それにはミトモに事情を説明しなければならなくなる。

彼にまで色々と知られるのはできれば避けたい。が、説明しない限り話は始まらない。どうするか、と迷っていた俺の前でミトモは、他に客など一人もいないというのに、大仰に溜め息をついてみせたのだった。

「あのさあ、あたしも忙しいの。あんたの相手ばかりはしてられないのよ」

「……秋山慶太はなんであんなに優秀なんだ？」

このままじゃ話を聞き出すこともできず、一万円の取られ損になってしまう。焦りが俺の口を開かせたのだが、その質問は自分でも何を言ってるんだか、というものだった。

「優秀ならいいじゃないの。無事、解決したんでしょう？」

ミトモが心底呆れた声を上げ、やってられないわ、とばかりにそっぽを向く。

「だって気になるじゃないか。俺が話してもいないことを彼は知ってるんだぜ？」

これ以上話す気はないという意思表示をしてみせるミトモに俺は必死に食い下がった。

「だから慶太は優秀なのよ」

「優秀ったって、俺が彼に相談したのは昨夜だぜ？　たった一日でどうやって調べたんだ？」

「優秀だから一日で調べられるのよ」

「あり得ないだろ」

「あり得たんでしょう？」

そのあとのミトモの答えは、木で鼻《はな》を括ったようなものに終始した。俺の質問の仕方も悪いのかもしれないが、ミトモは端から答える気がないようだ、と俺は仕方なく見切りをつけることにした。

「わかった。ごちそうさま。いくら？　一万円だっけ？」

これ以上ここにいても無駄だ、と溜め息交じりに会計を頼む。

「馬鹿ね。これ一杯で一万円なんて、ウチはぼったくりバーじゃないっつーの」

自分で『一万円』と言ったくせにミトモはまたも俺を馬鹿にしたような目で見ると、

「てめえ」

と思わず口汚くなった俺の前に、タンッと音を立てて金属のトレイを置いた。トレイの上には金額が書かれた小さな紙が載っている。

「千二百円？」

「そうよ。払ったらとっとと出てってよね」

どこまでも愛想のないミトモに対し、財布を取り出し千二百円ぴったり払うと、いかにもおざなりといった声でミトモが礼を言ってきた。

「ありがとうございましたあ。またどうぞ」

「……感じ悪」

思わず俺の口からぽろりと本音が漏れる。

「どっちが」

彼は地獄耳なのか、俺の言葉を聞きつけたらしく、きっちりそう返してくると、早く帰れ、とばかりに顎でドアを示した。

「帰るよ」

言われなくても、と悪態を突き返し、帰ろうとした俺の頭にふと、ある事実が浮かぶ。

「あーっ！」

思わず大きな声を上げた俺に、ミトモがぎょっとしたように問いかけてきた。

「なによ、あんた、急に……」

「俺、あの秋山っていう便利屋に、金払ってない！」

今更ではあるのだが、ミトモへの会計で俺はすっかり忘れていたその事実を今、思い出したのだった。

「なんですってぇ？」

ミトモは非難の声を上げたが、すぐに何か思い当たった顔になると、じろ、と俺を睨んできた。

「なに？」

今までだって態度がいいとは言えなかった彼だが、今のミトモの目はそれこそ俺を取り殺しそうな勢いがあった。

何を殺気立っているのか、とビビリながらも問い返した俺にミトモが凶悪な顔のまま問いかけてくる。

「あんたもしかして、慶太にキスでもされたんじゃないの？」

「えっ？」

図星すぎる指摘に、俺は絶句してしまった。慶太だけじゃなくこのミトモもまた、特別『優秀』なのか、と俺が驚いている間にミトモは、

「やっぱり〜！」

と怒声を張り上げ、吐き捨てるように言葉を続けていった。

「ぱっと見たときから、ヤバいなと思ってたのよ。慶太はあんたみたいな猫系男子に弱いからさあ」

「ね、猫？」

そんなこと、誰にも言われたことがない、と戸惑う俺にミトモは、

「そうよ、泥棒猫よ！」

と言い捨てると、尚も恐ろしげな顔ではあったが、慶太には支払いの必要などないのだ、という主旨のことをまくし立て始めた。

「慶太は気分屋だから、気に入った仕事は無報酬でもやっちゃうのよ。あんたは彼に気に入られたってわけ。でもね、一つ忠告しとくけど、慶太はあんたの手に負えるような男じゃないわ。脅迫のネタを無事取り戻せたんなら、二度とかかわりを持たないことね。わかった？」

一気にそこまで言い切るとミトモは、

「わかったなら出口はあっち！」

とビシッとドアを指さした。

「…………」

正直『わかった』とは言えない状態だったが、興奮するミトモは俺が店内にとどまれば、何か物

を投げつけてきかねない雰囲気だったので、仕方なく俺は彼が指さすドアから店の外に出た。

カランカラン、と背中でカウベルの音が響く。が、ミトモの声は——『ありがとうございます』系の挨拶すら、聞こえてくることはなかった。

何がなんだか、ますますわからなくなってきてしまった、と溜め息をつく俺の脳裏に、慶太のあまりに魅惑的な黒い瞳が浮かぶ。

ぱちり、と擬音が聞こえてきそうな色っぽいウインク——彼が俺から金を受け取らなかったのは、ミトモが言うとおり俺を気に入ったからなんだろうか。

「……なわけねえだろ」

自分の頭に浮かんだ考えがあまりに馬鹿馬鹿しかったため、思わず俺の口からそんな否定の言葉が漏れた。

彼は俺に金を請求しなかったわけじゃない。請求されるより前に俺が事務所を飛び出してしまったのだ。

となると、支払いのために再度慶太の事務所を訪れるべきだ、とは思うのだが、俺の足はあの古びたビルには向かなかった。

再び慶太の顔を見るのが、なんとなく躊躇われたからである。

俺の気持ちは勿論、今付き合っている誠二にある。彼を愛しているからこそ俺は、安原を殺そうとまで思い詰めていたのだ。

なのに慶太に再び会うと、キスを回避できないかも、などと思う、自分の心が信じられない。

人妻のよろめきって、こういう感じなんだろうか——そんな馬鹿げたことを考えてしまう自分がほとほと嫌になり、俺は、もしも慶太が金を必要とするなら向こうから連絡してくるだろう、と無理矢理思考を切り上げると、誠二に喜ばしい報告をするべく彼のマンションへと向かったのだった。

5

俺が誠二のマンションに到着したのは午後八時。安原との約束は午後九時だったので、今頃彼は部屋で俺の帰りを待っているはずだった。

俺は彼に、金策の心当たりがある、と告げ、慶太と待ち合わせをしたのだった。誠二はとても会社で仕事できるような状態じゃない、と有休をとって一日マンションにいたはずだった。

今か今かと誠二は俺の帰りを待っているに違いない。しまった、ミトモの店に寄るより先に家に帰るべきだった、と後悔しながら俺は誠二のマンションに駆け込み、エレベーターに飛び乗った。

一刻も早く安心させてやりたい――その思いが今更とはいえ俺を非常に急かしていた。

ようやくエレベーターが誠二の部屋のあるフロアに到着すると、扉が開くのももどかしく、廊下を駆け抜け彼の部屋を目指した。

「誠二！」

合鍵は貰っていたから、インターホンも押さずに俺は彼の部屋に飛び込んだ。

「……君雄……」

リビングでは青い顔をした誠二が一人ぽつんと座っていた。やっぱり写真の始末をすませたらすぐに戻るべきだった、と己の行動を悔いながらも俺は、彼を安心させてやろうと口を開いた。

「誠二、もう大丈夫だから！　一千万なんて用意する必要ないから！」

「……え？」

勢い込んで告げる俺の言葉に対する誠二の反応は鈍かった。

「だから！　もう安原が誠二を脅すことはできないんだ！」

上手く説明できない俺が悪い、と、もどかしさを堪えつつ俺は一生懸命誠二に、もう脅迫の心配はなくなったのだ、と訴えかけた。

「安原から写真を取り上げることができたんだ。だからもう、奴が誠二を脅すことはない。わかるかな？　もう、誠二のところに安原から脅迫電話がかかってくることはないんだよ」

これだけシンプルに言ったのに、誠二にはやはり俺の言葉が上手く伝わっていないようで、なんの相槌も打ってこない。

ただただ目を泳がせている彼を前に俺は、これはもう、最初から説明するしかないか、と腹を括った。

多分彼は俺の言葉を信じてないのだ。大人で——まあ、俺も年齢的にはもう成人してるけど——社会性もある誠二が解決できなかった問題を、フリーターの俺が切り抜けた、なんて、信じられないのだろう。

俺が単に気休めを言っているだけだと思っている、もしくは、追い詰められすぎた俺の頭がおかしくなった、と心配しているのかもしれない。

誠二の誤解を解き、脅迫者がいなくなった喜びを分かち合うためには、最初から打ち明けるしかない、と俺は呆然としていた誠二の前で、ごくり、と唾を飲み込んだ。

できることなら、俺が安原を殺そうとしたこととか、結局慶太という便利屋に頼んだこととか、それらは誠二に知られたくなかった。だが、事情を説明するには、それらを話さざるを得ないだろう。

仕方がない、と俺は誠二に、

「実は……」

と話し始めたのだが、そのとき、ピンポーン、とインターホンの音が室内に鳴り響いた。

「誰だ?」

誠二がインターホンに向かい、受話器を取り上げる。

「はい?」

『宅配便です』

誠二のマンションはオートロックだが、画像が映っていないところを見るともう、玄関前まで宅配便の人は来ているようだった。

同じマンション内に配達先が何軒もあるときにはありがちなことなのだが、インターホン越しに響いてきたその声がなんとなくひっかかった。

どこかで聞いたことがある気がしたからなのだが、誠二にはひっかかるところはなかったようで、

「こんな時間に……」

とぶつぶつ言いながらも玄関へと向かっていく。話が中断したな、と一人リビングに残り、どのように説明をするか頭の中で順番を組み立てていたそのとき、玄関のほうから誠二の動揺しまくった声が聞こえてきた。

「な、なんなんだ、君は！」

「え？」

何が起こっているんだ、と慌ててリビングを出ようとした俺の目に、とんでもない光景が飛び込んでくる。

「なっ」

あり得ない。その一言に尽きた。その場にいた人間は全員俺の見知った男たちだったが、ここに現れること事態、あり得ない奴らばかりだったのだ。

玄関先でへたり込んでいた誠二を見下ろしていたのは――慶太だった。

そしてその慶太が引きずっていたのが、

「……や、安原……」

そう、俺と誠二をさんざん脅していたあの安原が、酷く殴られた様子で慶太に襟首を掴まれていた。

まず、俺の頭に浮かんだのは、慶太が脅迫しにやってきた、という考えだった。驚愕が混乱を呼び、慶太がヤクザであったのは演技に過ぎなかったのを、すっかり忘れてしまっていたのだ。

その上俺は写真を慶太の事務所で燃やしたことも忘れていた。どうしよう、という思いが募り咄嗟に周囲を見回した俺の目に、誠二が出しっぱなしにしていたゴルフのドライバーが飛び込んできた。

この間通販で買ったと自慢していたそれを掴み、構える。

「き、君雄……っ」

これで闘ってやる、と慶太を睨みつけた俺の耳に、誠二の震える声が響いた。

「な、何しに来たんだよっ」

俺がドライバーを構えているというのに、慶太はにこにこ笑いながら安原を引きずり、俺のほうへと近づいてくる。

「て、てめえっ」

相手にもされていないことを怒った、というより、少しも動じない慶太に対する恐怖のほうが大きかった。俺はドライバーを振り上げるとそのまま彼へと向かおうとしたのだが、一瞬早く慶太が飛びかかってきたかと思うと、素早く俺の手首を掴みきつく締め上げてきた。

「き、君雄！」

誠二は悲鳴を上げていたが、駆け寄ってくる気配はなかった。ぽろり、と俺の手からドライバーが落ちる。

「落ち着けって。別にお前を脅しに来たんじゃねえぜ？」

と、慶太が掴んでいた俺の腕を離すと、サングラスを外し、ニッと笑いかけてきた。

「それじゃ、なんで……っ」

ここにやってきたのか、しかも安原を連れて、と、慶太の背後で殴られた頬を押さえて座り込んでいる彼を見る。と、慶太はまた安原の襟元を掴んで引っ張り上げると、

「ひぃっ」

と悲鳴を上げる彼を強引に引きずり、リビングへと足を踏み入れた。

「け、警察を……っ」

そうだ、警察を呼べばいいんだ、とようやく思いついた俺がジーンズのポケットから携帯を取り出そうとした、そのとき慶太の凛《りん》とした声が響き渡った。

「野村誠二さん、一人で逃げようってわけですか」

「え？」

そういえば誠二がいない、と廊下の突き当たり、玄関を見る。と、今まさに誠二がドアに手をかけ外に出ようとしているところだった。

「せ、誠二……」

本当に一人で逃げようとしていたのか、と唖然としていた俺を振り返りもせず誠二はそのまま外

に出ようとしたのだが、またも慶太の声が響き彼の足を止めさせた。

「逃げるのならこの安原を警察に連れていきますがね。ああ、それからあなたの会社にも連絡を入れますよ。あなたが何をしてたかってね」

「な……っ」

今にもドアを飛び出そうとしていた誠二が、はっとした顔になり慶太を振り返る。

「さあ、どうぞ入ってください。別に俺はあなたを脅迫しに来たわけじゃないんですから」

慶太は、多分わざとなんだろう、馬鹿丁寧な口調でそう言い、わざとらしく頭を下げると、さあ、と誠二に向かい手を差し伸べた。

「…………」

誠二は暫し無言で立ち尽くしていたが、やがて溜め息をつくと玄関のドアを閉め、のろのろとリビングへと向かってきた。

「誠二？」

何がなんだかわからない。慶太は口では誠二を『脅迫しに来たのではない』と言っていたが、言葉の内容は脅迫そのものだった。

安原を警察に突き出せば、自分がゲイだということが世間にバレる。会社に喋るというのだって、立派な脅迫だろう。

だからこそ誠二は、不本意ながらも戻ってきた——俺はそう思い込んでいた。

しかし本当に一人で逃げる気だったのか、とリビングに入ってきた誠二の顔を覗き込む。

「………」

俺が彼を見ていることは感じているだろうに、誠二は俺を決して見ようとしなかった。なぜだ。一人で逃げようとしたことを恥じているのか？　こんな極限状況だ。頭が混乱してしまい、つい逃げ出したくなった、それだけのことじゃないか、と俺は一生懸命誠二と目を合わせようとしたが、やはり誠二は故意に俺から目を逸らしているとしか思えないほどの頑なさをみせ、俺を非常に切なくさせた。

「座ってくれ」

慶太が、既に安原が転がっていたソファに誠二を示す。

「………」

物理的には勿論、誠二の座る場所はある。が、心情的には殴られてボロボロになっているとはいえ、今まで脅迫されていた安原の横には座りたくないんだろう、誠二はソファの前でじっと立ち尽くしていた。

「座れって。あんたら、お仲間なんだろう？」

慶太が誠二に歩み寄り、乱暴に肩を押す。

「おい、やめろよ」

まったく意味不明の今の状況をただ見守っていた俺は、今更ながら床に落とされたドライバーを再び手に取ろうとした。誠二を守ろうと思ったのだ。

「あー、ボーヤ、可哀想だがこいつはお前が思ってるような奴じゃねえぜ?」

俺は慶太の背後にいたので、俺の行動は見えていないはずなのに、慶太は背中に目でもあるのかそう言い、俺の動きを止めさせた。

「何言ってやがる」

ぎょっとしたものの、彼の、言いがかりとしか思えない言葉の内容にはむっときて、思わず怒鳴りつけてしまう。

同意を求め、誠二を見やったが、誠二はやはり俺を見ようとはせずに、のろのろと安原の隣に腰を下ろしてしまった。

「……え……?」

どうして誠二は怒らないのだ。それじゃまるで慶太の言葉が正しいみたいじゃないか——呆然としていた俺を、慶太がちらと振り返る。

「………」

彼の顔が笑っていたのなら、反発もできた。だが彼は、まるで可哀想な子供を見るような目を俺に向けると、すっと視線を逸らしてしまったのだ。

どういうことなんだろう——自分で言うことじゃないが、どちらかというと俺は場の空気が読めるほうだ。

今、目の前で繰り広げられている『場の空気』は、俺にとってあまりいい結論を生むものではないとしか思えなかった。

だがそこまで予想していた俺でも、慶太がおもむろに口を開き告げた言葉には仰天し、大声を上げてしまったのだった。

「野村誠二さん、あんた、この安原を使ってアオカンの写真、撮らせたろ?」

「そんな馬鹿な!」

あり得ない、と俺は思わず慶太に駆け寄り彼の腕を掴んでいた。

「なんだってそんなことさせるんだよ? だいたい誠二は安原に脅迫されてたんだぜ?」

意味がわからない、と息巻いていた俺だが、すぐ前でソファに腰掛けている誠二が無言のままでいることに気づき、まさか、と彼へと視線を移した。

「……誠二……?」

なぜ、否定しないんだ。慶太の言い分を認めているようじゃないかと問いかけたいのに、俺が声を失ったのは、じっと俯《うつむ》いたままの誠二の、膝の上で握られた拳が細かく震えているのに気づいたためだった。

「……誠二……」

まさか——まさか本当なのか? と愕然としていた俺に、答えを与えてくれたのは慶太だった。

「あんたは会社の金を横領した。金額は一千万だったんだろう? それがバレそうになったので安原を雇い、アオカンの写真を撮らせて自分を脅迫する芝居をさせた。彼の両親から金を引き出すためにね」

『彼』と言ったときに慶太が指さしたのは——俺、だった。

「……そんな……」

誠二には俺の親のことを話してはいた。俺の父親は決して小さいとはいえないメーカーのオーナー社長なのだ。金もまあ、人並み以上に持ってはいる。だが俺は親元を飛び出した身、すでに親父とはもう無関係のつもりだった。

縁を切ったも同然ということまで、誠二にはちゃんと話していたのに、と彼を見る。

「……君雄……」

ここでようやく誠二がぼそりと俺の名を呼び、おずおずと目線を上げて俺を見た。

「……誠二……」

こいつの言うことは嘘だ。僕がお前を騙すはずがないじゃないか——涙の溜まった目で俺を見つめる誠二の口からはそんな、俺の望んだ言葉が発せられることはなかった。

「騙して悪かった！　でも仕方なかったんだ！　本当にごめん！　どうか、どうか許してくれ！」

「………」

そんな謝罪など聞きたくはなかった、と呆然としていた俺に、更に衝撃を与えることを誠二は言いだし、ますます俺から言葉を奪っていく。

「お願いだよ、君雄。どうかお父さんに頼んでもらえないだろうか。今度内部監査が急に入ることになって、僕の使い込みが発覚してしまいそうなんだ。バレたら勿論クビになる。クビどころか警察沙汰になるかもしれない。だから、君雄、頼むよ。お父さんに頼んで一千万、なんとか都合してもらえないかな？」

「…………………」

信じられない、その一言に尽きた。目の前で土下座しているのは確かに誠二ではあったが、彼がまさか俺を騙して親から金を引き出そうとしていたなんて、信じたくなかった。

なんということだ。アオカンをやろうと言ったときにはもう、誠二は俺を騙す計画を練っていた。わざと写真を撮らせ、それをネタに脅迫される。

俺に対しあれほど苦悩してみせたのも演技なら、安原に対しビビリまくっていたのも演技だった。もうどうしようもない、と思い詰めた彼を見るに見かねていたのに、すべてが演技だったなんて——。

「頼む！　頼むよ！　君雄！」

衝撃が大きすぎたせいで、俺の感情にはなんらかのストッパーが働いてしまっていた。当然怒るべき場面なのに、怒りどころかなんの感情も湧き起こってこない。

そんな俺の前で誠二はぺこぺこと頭を下げ続けていた。情けなさすぎる姿を前に、ただ呆然と立ち尽くしていた俺の無反応に焦れたのか、誠二は下げていた頭を上げ、こんなことを言いだした。

「もしもお父さんに頼んでもらえないというのなら、君雄、お前がヤクザとかかわりがあることをネタにお父さんと直接話をするよ」

「なに……？」

感情にもストッパーがかかっていたが、思考もまたままならない状態だった俺には、誠二が何を言おうとしているのかがわからなかった。

「だから、君雄が頼めないというのなら、僕がお父さんと直接交渉する。大企業のオーナー社長の息子がヤクザとつるんでいることを世間に知られてもいいのかってね」

「それ……俺の親父を脅迫するってこと……？」

そうとしか思えなかったが、誠二がそんなことを言うはずがない、という思いが俺に確認を取らせていた。

「僕だってそんなことはしたくないんだ。だから、ね、君雄。お願いだ。お父さんに頼んでもらえないだろうか？」

誠二が心底困り果てた顔で俺に縋《すが》り付いてくる。

「は、離せよ」

数日前、安原の脅迫に対し苦悩してみせたときと同じ顔だ、と気づいた瞬間、堪らない気持ちが込み上げてきて、俺は誠二の手を乱暴に振り解いていた。

「君雄」

「何がそんなことはしたくない、だ。もう信じられないよ！　信じられるわけないじゃないか！」

馬鹿にするな、という思いが俺に怒声を上げさせていた。

「だいたいなんだよ！　使い込みがバレそうになったからって、どうして俺の親、当てにすんだよ！　自分の親に縋ればいいじゃないか。それをわざわざ安原なんて野郎を雇って、脅迫された芝居までして！　馬鹿じゃねえの？」

「僕だってお前みたいに、親が金持ちなら頼ったさ！」

売り言葉に買い言葉――だったのかもしれない。そもそも俺の『自分の親に縋れ』という発言自体、問題である自覚もあったが、それでも俺は、誠二が自力での解決をまったく考えていなかったと思い知らされたことに愕然としてしまっていた。

「…………誠二……」

これが本当に、俺が好きだった誠二とは思いたくなかった。彼のために安原を殺そうとまでしていたというのに、その安原と誠二が実は裏で繋がっていたなど、とても信じたくはなかった。

だが、今の誠二の言葉を聞いてしまっては、信じざるを得ないということも俺は悟っていた。それればかりか彼は、俺の親父を脅迫して金を巻き上げようとすらしているのだ。

「金はあるところから貰うしかないんだ。お父さんにお前がヤクザの知り合いがいると言ってもいいのか？　お父さんの名にも傷がつくだろう。経営している会社にだって影響してくるぞ？」

「……てめえ……」

黙り込んだ俺に焦れた誠二は、今やはっきりと俺を『脅迫』していた。

俺の脳裏に彼と過ごした日々が走馬燈のように蘇《よみがえ》る。

『付き合ってくれないかな』

コンビニ内では何度か会話を交わしていたが、ある日俺がバイトを上がるのを密かに待っていた誠二が声をかけてくれた、それが二人の付き合い始めたきっかけだった。

『なんなら一緒に暮らさないか？　朝起きたら君雄がいる……それだけで幸せな気持ちになれる気がするんだ』

何度か泊めてもらったあと、誠二がそう言いにっこり笑ってくれた。あの朝の光景は、飛び上がらんばかりの嬉しさを感じたことと共に、今でも鮮明に覚えている。

メシなど作ったことのない俺に、フレンチトーストの作り方を教えてくれたことも、最初のうちは上手くできなくて失敗したにもかかわらず、笑顔で『美味しいよ』と言ってくれたことも――毎日が幸せで、ようやく自分の居場所を見つけることができた喜びを感じていた、それらは全部偽物だったのか、と思うと怒りよりも情けなさが先に立ち、不覚にも涙が滲んできた。

「……てめえ……」

怒声を張り上げようとしたのに声が震える。俺が泣きそうになっているのがわかったのか、誠二は一瞬、はっとした顔になったが、彼の口から出るのは相変わらず、俺を脅迫する言葉だった。

「お父さんに頼んでくれよ、君雄。そうじゃないと僕は、君のお父さんを脅さなくちゃならなくなる。できることならそんな真似、したくないんだ」

「…………」

嘘をつくな、と睨みたかったが、目の縁に涙が溜まってきてしまい、顔を上げることができなくなった。

親切ごかしにもほどがある。泣き落としに入っているのだろうが、結局は脅しているんじゃないか。

俺といると幸せな気持ちになると言ってくれた、あの言葉も嘘だったのか。楽しく過ごしてきた毎日も、飽きることなく抱き合った夜も、みんな、みんな嘘だったのかと思うと、情けなくて——悲しくて涙が零れそうになり、唇を噛んだそのとき、室内に慶太の哄笑《こうしょう》が響き渡った。

「脅すんなら脅せばいいさ。俺はこいつの親父さんに頼まれたんだからな」

「なんだと⁉」

誠二が仰天して目を剥き、大声を上げる。俺もまた驚いて慶太を見やった。

慶太は俺に向かい、ニッと、あの、フェロモンだだ漏れの笑みを浮かべてみせたあとに再び誠二へと視線を戻し、彼に屈《かが》み込むようにして話し始めた。

「悪いが俺はヤクザじゃない。便利屋だ。悪い男にひっかかった息子を助けてほしいと、親父さんが俺に依頼してきたんだよ」

「べ、便利屋……」

誠二が、そして安原が、唖然とした顔で慶太を見る。

「そうだ」

慶太はにっこり笑って頷いたが、やにわに厳しい顔つきになると、手を伸ばし誠二の襟元を掴んだ。

「な、なにを……っ」

怖い顔をした慶太は、傍で見ている俺でさえ、ビビるほどの迫力だった。きつく睨みつけられている誠二は顔色も声も失っている。

殴るのか、と俺は掴んだ襟元をぐっと引き上げた慶太を見やった。ガタイのよさからいっても慶太に殴られたら相当ダメージを受けるだろうとわかっていたが、俺の口から制止の言葉が出ることはなかった。

殴られればいい、と積極的に思っていたわけじゃない。が、誠二が殴られようがどうしようが、もうどうでもいいとは思っていた。やはり誠二も殴られると思ったらしく、ぎゅっと目を閉じ慶太から顔を背けている。

かっこいい、と思っていたはずの彼が、今は酷く情けなく見えた。百年の恋も冷めるとはこういう気持ちなのかもしれない、なんて、俺には似合わない文学的——とはいえないか——なことを考えていた俺の目の前で慶太は誠二を殴ることなく、乱暴に突き放すようにして再びソファへと叩きつけた。

「ひぃっ」

「よく聞いとけよ？」

本当に情けない誠二の悲鳴と、慶太の抑えた声がシンクロして響く。一体何を言いだす気だ、と思っていた俺は、いきなり慶太に、

「こいつはっ」

と、ビシッと勢いよく指さされ、息を呑んだ。

「こいつはあんたのために、無体な脅迫を続ける安原を殺そうとまで思い詰めてたんだ！　あんた、もう少しでこいつを殺人犯にするところだったんだぞ？」

「な、なんだって⁉」

誠二は心底驚いていた。俺へと視線を向けてきた彼の口から、ぽろりと言葉が漏れる。

「そんな馬鹿な……」

「馬鹿じゃねえ。それだけこいつにとってはあんたが大事な存在だったってことだ」

慶太は吐き捨てるようにそう言うと、バツの悪そうな顔をして俺から目を逸らせた誠二を睨《ね》めつけ、一段と厳しい声を出した。

「こいつの気持ちを踏みにじったあんたには、それ相応の社会的制裁を受けてもらおう。覚悟しておくんだな」

そう言ったかと思うと慶太は俺を振り返り、

「行くぞ」

と声をかけてきた。

「………」

慶太の前で、誠二と安原がほっとした顔になる。殴られずにすんでよかったとでも思ってるんだろうな、とぼんやりと彼らを見ていた俺は、なんだか脱力してしまったせいか慶太の呼びかけに応じることができなかった。

「ほら」

その場に立ち尽くしていた俺に、慶太が近づいてきて腕を取る。腕を引かれ歩き始めたのは惰性だった。

なんだかもう、どうでもいい。その気持ちが強かった。俺の『居場所』であったはずのこの部屋には愛着も何も湧かず、俺はただ慶太に促されるがまま部屋を出ようとしたのだが、リビングの入り口のところで慶太は「ああ、忘れていた」と声を上げ足を止めると、誠二を振り返った。

つられて振り返った俺の目の前で、誠二がぎょっとした顔になる。暴力を振るわれることを覚悟していたらしい彼だが、慶太にはそんなつもりはないようだった。

「あんたの会社に使い込みのこと、密告《チク》っておいたから。明日の出社を楽しみにしてるんだな」

「な、なんだとっ」

途端に誠二が鬼の形相になり、慶太と俺へと駆け寄ってくる。と、慶太は俺を庇《かば》うようにして前に立つと、殴りかかってきた誠二の拳を掌で受け止めたあとに、逆に彼の腹を拳で殴りつけた。

「うっ」

誠二の身体が数メートル後ろに吹っ飛び、テーブルに当たる。がしゃん、と上に置かれていたクリスタルの灰皿が落ち、床に灰が舞った。

あのラグは確かブランドもので、誠二は汚さないようにしていたんだった、と彼が殴られたというのに本人を心配することなく、ラグを見ている自分がなんだか信じられない。やはりどこかで俺の神経は切れてしまっているのかもしれない、と思っていた俺の背を促し、慶太が歩き始めた。

「なんてことをしてくれたんだよう……」

背中に誠二の涙声が響いてくる。一千万も横領していたら、どう考えてもクビだろう。それを嘆く気持ちはわかるが、自業自得なんじゃあ、としか思えなかった。

「ちょっと待てよ、俺への支払いはどうなるんだ」

「う……うう……」

口汚く罵る安原の声の合間合間に、誠二の啜《すす》り泣きが聞こえる。そんな二人の声を背に俺は誠二の部屋を出て、慶太に促されるがままエレベーターへと乗り込んだ。

マンション前には見覚えのある慶太の黄色いビートルが停まっていた。

「どうぞ」

スマートな仕草で慶太が俺に、助手席のドアを開く。何も考えることなく乗り込んでしまったのは、なんだかまだ呆然としていたためだった。慶太はドアを閉めてくれたあとに運転席に乗り込んできて、エンジンをかけた。

やがて車が発進しても、車中に会話はなかった。俺は喋る気力もなく黙り込んでいたし、慶太からも話しかけてくる気配はなかった。

頭と心が空っぽになってしまった、そんな気分だった。もっと怒りとか、悲しみとか、ああ、そうだ、誠二が会社をクビになるなんて、いい気味だ、という痛快さが込み上げてきてもいいはずなのに、なんの感情も湧いてこない。

ぼうっとフロントガラスの前、ヘッドライトが照らす先を見ていた俺の横で慶太もまた無言のまま運転を続けていた。

行き先を告げない彼がどこに向かっているのか、興味もなかったのだが、やがて見覚えのある街並みが目の前に開けてきたのに、はっとし、慶太を見やった。

「ん？」

前を向いたままなのに慶太は視線を感じたのか、ちらと俺を見る。

「……どこに向かってるんだ？」

予測はついていた。が、それは俺の最も望まない場所だった。

「…………」

俺の顔が強張っているのが見えたのか、はたまた声が震えていることから察したのか、慶太は一瞬答えを躊躇《ちゅうちょ》したように見えたが、やがて、俺の予想どおりの言葉を口にした。

「親父さんの家」

「嫌だ‼」

その瞬間、俺の口から自分でもびっくりするような大きな声が漏れていた。慶太が驚いたように俺を見る。

「嫌だ！　嫌だ嫌だ嫌だ‼」

一気に感情が昂まり、俺はシートベルトを外すと慶太に車を停めさせようと、ハンドルを握る彼の腕にむしゃぶりついていった。

「おっと」

慶太の運動神経は相当なもののようで、俺の手がハンドルにかかるより前に彼はブレーキを踏み車を停めた。

その隙に、と車を降りようとしたが、やはり助手席のドアは開かなかった。頭が混乱し、このビートルの助手席のドアは壊れているということすら忘れていた俺は、がちゃがちゃとドアレバーを握り一生懸命揺すってしまっていた。

「わかった、わかったから」

と、慶太の手が伸びてきて、背後から抱き締めるようにしながらぎゅっと俺の手を握った。

「そんなに嫌なら、俺の事務所に行こう」

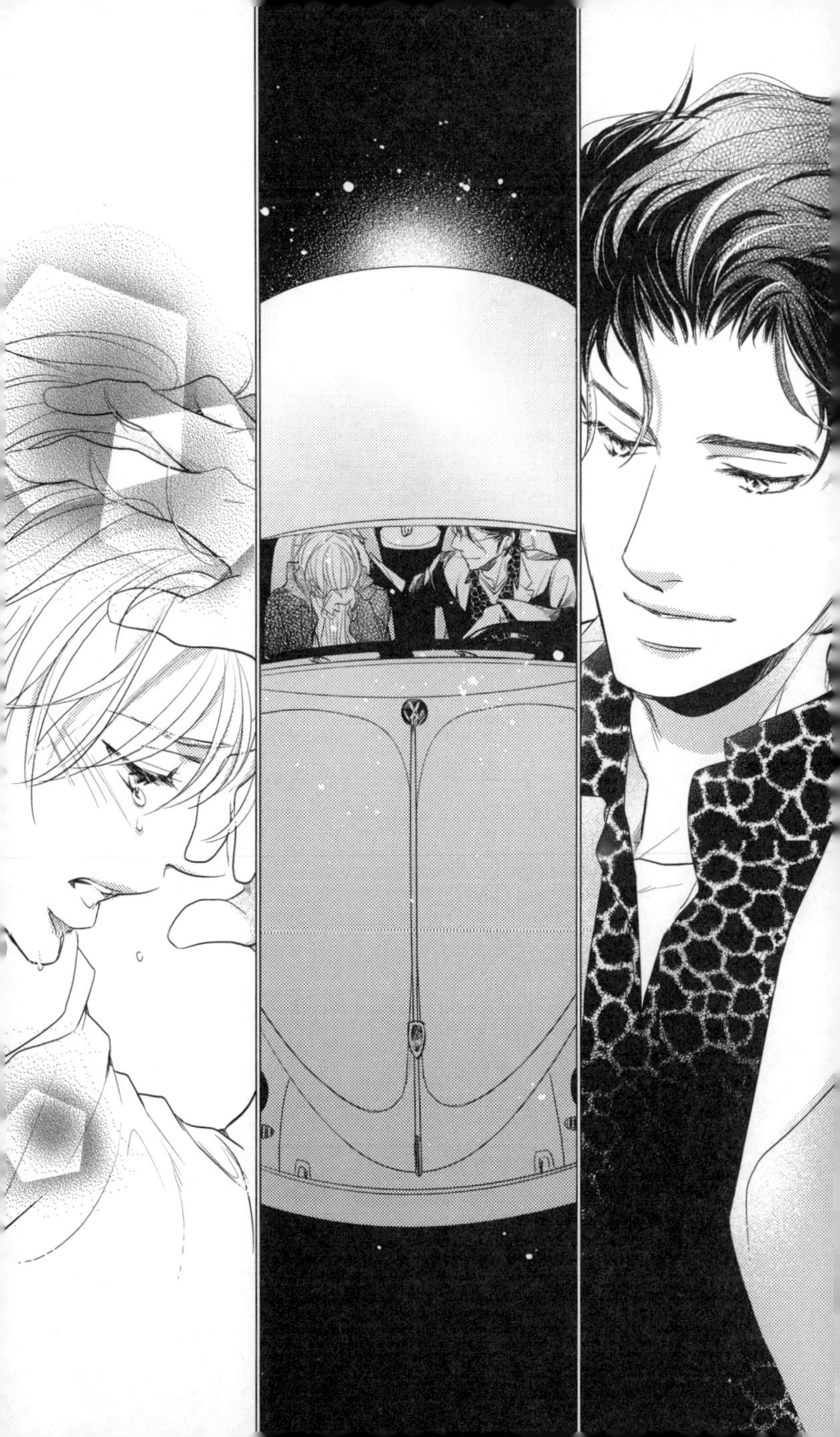

それでいいか？　と慶太が俺の顔を覗き込んでくる。

「…………」

慶太の笑顔はどこまでも優しかった。なぜだかいきなり涙が込み上げてきてしまい、俺は無言で頷くと、ドアレバーを離しその手で顔を覆った。

「いい子だ」

慶太はそんな俺の頭をぽん、と軽く叩いたあとに、俺が外してしまっていたシートベルトをはめてくれると、再び車を発進させた。

「……う……っ」

なぜ自分が泣いているのか、俺自身にもよくわかっていなかった。悲しいとか悔しいとかじゃない。ぽん、と頭を叩いてくれた慶太の手があまりに優しく感じられたから――強いて挙げればそれが理由だった。

込み上げる嗚咽《おえつ》を呑み下し、両目をぎゅっと押さえて涙を止めようとする。それでも指の間から流れる涙が腕を伝い服を濡らす、その冷たさを不快に思いながらも、慶太の運転する車の中で俺は声を殺し、わけもなく涙を流し続けた。

6

慶太の事務所に到着する頃には、俺も随分落ち着いていた。

今になってみれば、なんであんなにぼろぼろ泣いてしまったのかがわからない。誠二に裏切られたとわかったときが本来の泣きどころだったんじゃないかな、なんてことを考えられるくらいの余裕は取り戻していたのだが、あれだけ泣いてしまった手前恥ずかしくて顔が上げられなかった。

事務所のビルに慶太は車を横付けすると、先に運転席から降り、助手席のドアを開けてくれた。

「どうも」

ぼそぼそと礼を言い、車を降りたあとには、慶太に続いてボロビルの階段を上り、彼の事務所の中へと入った。

「ビールでいいか？」

慶太はまるで何事もなかったかのように笑顔で俺に尋ねると、俺の返事を待たずに冷蔵庫へと向かっていった。

先ほどのデジャビュのように、慶太は部屋の隅の冷蔵庫へと向かうと、俺と彼、二人のために二缶のスーパードライを手に戻ってきた。

「座れよ」

示されたソファに腰掛け、差し出されたビールを受け取る。テーブルを挟んだ俺の前のソファに座り、ぷしゅ、とプルトップを上げた慶太に倣い、俺も缶を開け冷えたビールを一口飲んだ。

「…………」

はあ、と溜め息をついた俺の耳に、慶太の静かな声が聞こえてくる。

「お前はまだ若いんだし、今回はハズレを引いちまったと諦めて、次、行けばいいさ」

優しい声音だった。誠二の裏切りには涙も出なかった俺の目にまた、熱いものが込み上げてくる。

なんで彼の優しさに触れるとこうも泣きたくなるのだろう、と俺は慶太を見やり――。

「…………あ……」

何より確認せねばならないことを今更思い出したために、小さく声を上げた。

「どうした？」

慶太がにっこり微笑み、俺に問いかけてくる。

「秋山さん……俺の親父に依頼されて、誠二のこと調べてたって言ったよね」

俺の親父を脅すなどと馬鹿げたことを言いだした誠二に、慶太は確かにそう言っていた。あれは誠二を黙らせるための方便だったのか、それとも本当に親父がそんな依頼をしたのか、それが俺の最も知りたいことだ、と慶太を見つめ問いかけると、慶太はあっさりと、

「ああ」

と頷き、飲み干してしまったらしいビールの缶をぐしゃ、と潰してテーブルに置いた。

「……そうだったんだ……」

できることなら違うと言ってほしかった、と溜め息をつく俺に慶太が話しかけてくる。

「親父さん、心配してたぜ？」

「…………わかってる……」

親父の性格は息子の俺が誰よりわかっている。だからこそ辛いのだ、と溜め息をついた俺の前から慶太は立ち上がると再び冷蔵庫へと向かい、俺の分と慶太の分、二人分のビールを手にまた戻ってきた。

「わかってるなら、家に帰ってやれよ」

ほら、と慶太が俺に二缶目のビールを差し出してくる。

「……帰れない……」

いや、帰っちゃいけないんだ、と首を横に振ると、慶太はもといた席ではなく俺の隣に腰を下ろし、顔を覗き込んできた。

「なぜ？　家族はみんな、お前が帰ってくることを切望していたぜ？　特に親父さんは、何がなんでもお前を連れ戻してほしいと涙目になってた。意地張るのもいいが、いい加減、戻ってやったらどうだ？」

「……意地じゃないよ……」

もしも他の人間に同じことを言われたら、何も知らないくせに勝手なことを言うなとブチ切れていたことだろう。

だがなぜか慶太に対しては怒りが少しも湧いてこなかった。彼の深みのある声音のせいか、それとも俺を見つめる瞳の優しさのせいか——その辺のところは自分でもよくわからなかったが、俺は、これが俺かよ、とびっくりするくらい素直に、慶太に我が家の事情を話し始めていた。

「……ウチにとっちゃ、俺はいないほうがいい息子なんだよ」

「いないほうがいい子供なんて、親にとってはそれこそいないだろう」

慶太がここで口を挟んでくる。

「…………」

俺もそうであってほしいと願っていた。が、実際、親父は俺を見切ったのだ、と項垂れる俺の脳裏にはそのとき、若い頃の親父の顔が浮かんでいた。

多忙な親父は、物理的に時間がないこともあり、あまり家庭を顧みない人だった。おかげで俺の母の病にも気づかず、母は俺が十歳のときに帰らぬ人となった。

それから親父は人が変わったように家族を——唯一の息子である俺を可愛がるようになった。妻を亡くした後悔がそうさせたのだと思うが、学校行事にもどんな無理をしてでも駆けつけてくれただけでなく、俺が中学に上がって給食がなくなってからは弁当まで作ってくれたくらいだった。

家政婦にやらせればいい、と周囲は言ったし、俺も親父がどれだけ忙しい毎日を送っているかを知っていたから、昼はパンでもなんでも買うから無理することはないと言ったのだが、親父は俺が中学を卒業するまでの三年間、弁当を作り続けた。

「父さん忙しいからな。このくらいしかお前にしてやれないんだよ」

夜は接待で共に夕食をとるのは一週間に一日あればいいほうだったことを親父は気にしているらしかった。正直、親父の作る弁当よりお手伝いさんの作る夕食のほうが格段に美味かった上に、どう見ても親父は無理をしていたから、俺は何度ももう弁当はいらないと主張したのだが、親父は頑として譲らなかった。

そんな親父を見るに見かねたのだろう、俺が中学三年に上がった頃、親戚連中が皆して親父に再婚話を持ちかけてきた。

親父は持ち込まれた縁談話をおしなべて断っていたが、やはり不自由を感じたのか、俺が高校二年のときに再婚した。

後妻となった今の義母は本当にできた人で、どのような場合でも俺を立ててくれていた。結婚後一年して息子が生まれたのだが、この子がまた顔立ちが可愛い上に誰にでも懐く性格のよさも持ち合わせていたので、親父も母親も目の中に入れても痛くないといった感じで可愛がっていた。

両親に愛される弟をやっかんだ——というわけじゃない。いや、少しはそんな気持ちもあったかもしれないが、高校に上がる頃に俺は、自分がゲイだと気づいてしまった。それが俺が家を出ようと決めた直接の原因だった。

親父がその父親から社長を引き継いだように、オーナー社長の親父の跡は俺が継ぐことが暗黙裏に決まっていた。が、俺は正直、親父やその親父のような優秀さを持ち合わせていないだけでなく、次の代の社長を――息子を作ることができない、ゲイだ。

とても親父の跡を継ぐことはできない、と説明するため俺はまず親父に、自分がゲイであることをカミングアウトした。

『……そんな……』

親父は仰天し、慌てて俺に専門のカウンセラーをつけようとした。そのあたりから俺と親父の関係はぎくしゃくしてきてしまったように思う。

矯正すれば治るようなものじゃない、と俺は親父を説得しようとしたが、親父は聞く耳を持たなかった。

俺が言いたかったのは、自分はゲイだから親父の跡は弟に継がせればいいということだったのに、親父はなんとしてでも俺の性指向を彼が思うところの『正常』に――女の人を好きになるように、無理矢理持っていこうとした。

おかげで俺と親父の関係はこじれにこじれ、最後のほうには口も利かない状態となっていた。義母は何も言わなかったが、家庭内がぎすぎすしていることを気に病んでいるようで、常に顔色が悪かった。

何も知らない弟は当時保育園に通い始めた頃だったが、実に素直に育ち、彼の微笑みが親父や義母の、そして俺の心を和らげてくれていた。

ある日、屈託ない弟の笑みを見ているとき俺は、もう俺さえこの家にいなければ、何もかもがいい形で進むんだな、と気づいたのだった。

親父はゲイである俺を受け入れてはくれないし、俺も親父の望むような人生は歩めない。俺がいないほうがこの家は皆が幸せになる——そう考えていたのは多分、俺だけじゃなく、親父も義母も心の奥底ではそれを望んでいたのだろうと思う。

それから間もなくして俺は、ゲイである自分は変えられないと書き置きを残し家を出た。東京《とうきょう》を離れようかとも思ったが、馴染みのない土地に向かう踏ん切りはつかず、都下のアパートを借りて生活を始めた。

捜さないでほしいと書き置きには書いたが、心のどこかで俺は親父が俺の行方を捜し当て、連れ戻しにくるのではと考えていた。が、半年が経ち一年が経っても、俺の許に親父が顔を見せることはなかった。

やはり親父にとっては、ゲイである俺は受け入れがたかったということだろう。そう思い切りをつけるのにはあと半年かかった。

今頃親父は、綺麗で優しい妻と、可愛く素直な息子と三人で幸せに暮らしている。それはそれでいいじゃないか、と吹っ切れてからはもう、親父や家族を思い出すこともなかった。

だからこそ、誠二が一千万円という大金を強請《ゆす》られたときにも、親父を頼ろうという考えに至らず、脅迫者の安原を殺すしかないと思ってしまったのだ。

「……だからさ、親父にとって俺はもう、息子じゃなくて……」

「息子じゃなかったら、俺に依頼なんかするわけないだろうが」

話があっちにいったりこっちにいったりしながらも、ぼそぼそと事情を説明していた俺は、不意に慶太が出した大声に驚き、

「え？」

と顔を上げた。

「まあ、確かに親父さんも最初は、お前のカミングアウトを受け入れかねていたがな、だからってお前を見切ってなんかいなかったぜ？」

「嘘だ」

見切っていたからこそ、捜そうとしなかったのだろうと言い返そうとした俺の言葉に被せ、慶太が「いいか？」と声を発しながら身を乗り出してくる。

「親はどんな子だって可愛いもんなんだよ。自分の理解の範疇《はんちゅう》を超えた——女じゃなくて男が好きだって告白されようが、可愛い息子であることにかわりはないんだ。だが、どうやって受け止めていいのかわからなかった。それだけだよ。お前、知ってたか？　親父さん、お前が家を出てから、ゲイの集会に行ってるんだぜ。少しでも理解しようとしてさ」

「え？　親父が？」

ゲイの集会なんて、俺だって行ったことがない、と驚きのあまり声が漏れる。

「ああ」

慶太は頷くと、苦笑するように笑い肩を竦めた。

「理解につとめようとはしてるが、それでもまだお前の子供を腕に抱きたいという夢は捨てられないと言ってたけどな」

まあ、それは仕方ないよな、と慶太が笑い、俺を見る。

「………」

親父がそんなことを考え、そして行動していたなんて、と、俺はただただ驚いていたのだが、慶太はそんな俺を更に驚かせることを言いだし、俺を今以上に唖然とさせていった。

「それだけじゃない、親父さん、お前が家を出たときから、探偵を雇って居場所を突き止めていたんだぜ。何か困ったことがあればすぐに手を差し伸べられるよう、密かに見守るためにな」

「え……?」

まさか親父が、と驚き慶太を見る。

「だからこそ、お前は安原を殺さずにすんだんじゃないか」

慶太の指摘はもっともで、彼が嘘などついていないと――親父は本当に俺を遠くから見守ってくれていたのだと、ようやく信じることができた。となると、もしや慶太が親父が雇ったという『探偵』なのか、と問おうとした俺の心を慶太はまたも正確に読み、

「とはいえ、俺がずっと見張っていたわけじゃないけどな」

と肩を竦めてみせた。

「お前を見張っていたのは別の探偵だ。お前が付き合っている相手がどうやらろくでもない野郎だとわかったものの、別れさせる術がないっていうことで、改めて俺に依頼があったんだよ」

「え？　じゃあ……」

いわゆる『別れさせ屋』というやつか、と目を見開いた俺に慶太は一瞬、言おうかどうしようかと迷った顔になったが、すぐに、よしというように頷くと口を開いた。

「親父さんは別にお前が男と付き合ってたから別れさせようと思ったわけじゃない。あの野村誠二って奴がろくでもない男だとわかったからなんだ。野郎、会社の金を横領していただけじゃなく、闇金《やみきん》からの借金も相当なもんでな。横領もその金を返すためだったようだ。親父さん、それがわかってきっとお前が苦労すると踏んだんだろうな。それで俺に、二人を別れさせてほしいと頼んできたんだよ」

「……そうなんだ……」

誠二が闇金に手を出していたなんて、三ヶ月一緒に暮らしていたがまったく気づかなかった。俺は誠二の何を見ていたんだろう、と彼との付き合いを振り返る。

生活は確かに派手だった。いい車にも乗っていたし、身につけているものは高級ブランド品ばかりだった。ワインやウイスキーも、高いものしか家になかったけれど、一流商社ならそのくらいの給料を貰っているのかな、と俺は勝手に納得していた。

一緒に暮らし始めてからも誠二は俺に家賃を請求したりはしなかった。俺はバイトもしてるし払うよ、と言ったのだけれど、必要ないと笑っていた。

俺にも高い服や時計を買ってくれようとしたが、着ていくところもはめていく場面もないからと断ると『君雄は本当に欲がない』と驚かれた。

彼自身は欲の塊だったということなんだろう――一つ一つの思い出が、なんとも後味の悪いものに変じていくのがやるせない、と溜め息をついた俺は、慶太に肩を掴まれ、いつしか一人陥っていた思考の世界から引き戻された。

「お前はさっき、親父さんにとって自分はもう息子じゃない、なんて言ってたが、これでわかっただろう？　親父さんはお前を心の底から心配している。お前は未だに大切な息子なんだよ」

「………」

慶太の掌の温かさが彼の触れた場所からじんわり伝わってくるように、彼の言葉もまた俺の心にじんわりと浸透していった。

「わかったら……な？　家に戻ってやれよ。親父さんはお前が帰ってくることを切望してる。もう一度お前とやり直したいと言ってるんだぜ」

俺の目をじっと見つめながら切々と訴えかけてくる慶太を前に、俺の胸には再び熱いものが込み上げてきてしまっていた。

「な?」

キラキラと星の瞬きを宿した慶太の綺麗な瞳がぼやけてくる。と、霞む視線の中、慶太の形のよい眉が切なげに顰《ひそ》められた。

「……泣くな」

彼の唇からその呟きが漏れたと同時に、ぽたり、と俺の手に自身が流した涙の滴が落ちる。

「お前も、親父さんが好きなんだろう?」

俯き、涙を拭っていた俺の耳に、相変わらず心地のよい慶太のやわらかな声が響いていた。

「……うん……」

頷く俺の脳裏に、若き日の親父の顔が浮かんでくる。

『あまり上手にできなくてごめんな』

激務で疲れているだろうに、毎朝弁当を作ってくれた親父。親父の言葉どおり、最初のうちはお世辞にも美味しそうと言えないような弁当だったけれど、それでも俺は親父の作ってくれた弁当が嬉しくてたまらなかった。

親父が無理をしていることはわかっていたから、「弁当なんて作らなくていい」と言ったのに、それでも作り続けてくれた親父。見た目も味も三年のうちにびっくりするくらい上達し「どうだ」と作った弁当を自慢げに見せていた親父。

俺だって親父のことは勿論好きだし、大切に思っている。だからこそ、帰れないのだ、と目から溢れる涙を拭いながら俺は首を横に振った。

「……なぜ？」

慶太が静かに問いかけてくる。責める口調ではなく、彼の問いかけはあまりに優しかった。その優しさに誘われ、涙と共に言葉がするりと俺の口から零れる。

「……あの家に俺は、いないほうがいいんだ……」

「そんなことはない」

きっぱりと否定する慶太の声は、やはり優しい。ますます涙が溢れてくるのを手の甲で拭いながら、『そんなこと』はあるのだ、とまた首を横に振った。

「……俺がいなければ、親父とお袋、それに弟の三人で、なんの気兼ねもない生活ができる……そのほうが絶対、幸せだと思うんだ。今、俺が帰れば皆俺に気を遣う。せっかく親子三人、水入らずで生活してたのに、俺なんかが帰ったら……」

家族団欒《だんらん》を壊してしまう、と続けようとした俺の言葉に被せ、慶太のやわらかい声が響いた。

「……お前は優しい子だな」

「……優しくなんてないよ……」

皆を思いやっているように慶太は取ったのかもしれない。だが、それは違うんだ、と俺は彼の言葉を否定した。

「優しいよ」

慶太が俺の否定を否定する。

「……違う……俺は……俺は自分のことしか考えてないんだ」

そんな、醜い心の内をなぜ慶太に打ち明ける気になったのか、自分でもよくわからない。泣いた勢いだったのかもしれないし、彼に『優しい』と言われるのをいたたまれなく感じたせいかもしれない。

いや、多分俺は喋ることで楽になりたかったんだろう。どこまでも自分勝手な理由で俺は慶太の前で顔を伏せたまま、ぽつぽつと語り続けた。

「……俺は、家族の幸せを壊してるのが自分だっていう状況が嫌なだけなんだ。だから帰りたくないと思う。単なるエゴなんだ。俺は人のことなんて考えられない、自分勝手な人間なんだよ」

「自分勝手な人間が、人のために人殺しをしようなんて考えないと思うが？」

多分、優しさからなんだろう。慶太がまた俺の言葉を否定し、俺を『優しい子』にしようとする。

確かに誠二のために安原を殺そうとしたが、そもそも誠二との付き合いが、自分のエゴから始まったものだと、俺は首を横に振った。

「俺……ただ、自分の居場所が欲しかっただけだった……」

親父から全否定され、家を飛び出したあと、俺はありのままの自分を受け入れてくれる人に飢えていた。そこに現れたのが誠二だった。

誠二は俺に『居場所』を与えてくれた。物理的に住む場所というだけの意味じゃなく、彼の恋人としてのポジションを用意してくれた。

姿もよく、金回りもいいし世間的な地位も高い。趣味も多彩で話題も豊富、スポーツも万能だしセックスもいい。いわば彼は理想的な恋人ではあったけれど、今、改めて彼のどこが好きだったのだろうと考えても、その答えがまったく浮かばない。

親父に見限られた自分を受け入れてくれた、しかもその相手は人が羨《うらや》むようなハンサムなエリートだった。

でもそこに愛はあったのか。少なくとも誠二には俺に対する『愛』はなかった。最初はあったのかもしれないけれど、結局は俺を騙して金を巻き上げようとした今ではもう、少しの愛情もないだろう。

そして多分、俺にも愛はなかったんだと思う、と俺はまたも込み上げてきた涙を拭いながら、言葉を続けた。

「……もし、ホントに誠二を愛してたら、彼が俺を愛してなんてないってことに気づいてたと思う……それに気づかなかったのは俺が、誠二のことをちゃんと見てなかったせいだ」

「……そう、自分を責めるなよ」

耳に慶太の、少し困ったような声が響く。自分を責めてるわけじゃない、と俺はまたも首を横に振った。

「……本当に俺、自分勝手な人間なんだよ。安原を殺そうとしたのも、自分の居場所を失いたくなかったってだけなんだ。自分のためにしか何もできない、俺は本当に嫌な奴なんだよ」

だから誠二にも愛されなかったんだ――そう続けようとした俺の言葉を、慶太の優しい声が遮った。

「そんなことはない。俺はお前が好きだぜ？」

「……え？」

思いもかけないことを言われ、顔を上げてしまった俺の視線の先に、声同様優しく微笑む慶太の顔があった。

「お前は自分をエゴの塊のように言う。だが、本当に自分のことしか考えない人間にそんな自覚はないもんだよ」

「……そんなことないよ」

じわ、とまた目に涙が滲んできたのが恥ずかしく、目を伏せた俺の髪に慶太の指がかかる。

「あるって。お前は優しすぎるんだよ。人を責めたくないから自分を責める」

「そんなこと……」

ない、と言おうとしたが、嗚咽が邪魔をして言葉が出てこなかった。酷く堪らない気持ちになり、気づいたときには俺は慶太の胸に飛び込み泣きじゃくってしまっていた。

「よしよし」

慶太はまるで小さな子供をあやすかのように――もしくは動物をあやすかのように俺の髪をかき

混ぜ、背を撫でてくれていた。

「お前は優しすぎるんだよ。もっと我儘《わがまま》言ってもいいんだぜ？　どんだけ我が儘言おうが、誰もお前を嫌いになんかならない。だってお前は、優しい、いい子だからな」

ほら、泣くな、と慶太は俺の髪を撫でてくれたが、彼の優しい声音に、指先の感触に、ますます涙が止まらなくなる。

「う……っ……うぅ……っ……」

俺は優しくなんてない。それは自分が一番よくわかっていた。でも慶太は俺を『優しい』と――『優しすぎる』とまで言ってくれる、多分俺はそれが嬉しくて堪らなかったのだ。

「……仕方ない……」

泣きやまない俺の耳に、ぼそり、と呟く慶太の声が聞こえたと同時に、彼の手が俺の腰に回った。

「……わ……」

そのまま慶太は俺を抱き上げ、ソファから立ち上がる。思いもかけない展開に戸惑いの声を上げた俺の視界に、慶太の男くさい顔が飛び込んできた。

「お前の涙、俺が止めてやるよ」

ニッと笑いかけてきた彼の、フェロモンだだ漏れの笑顔に見惚《みと》れていた俺の目から、最早涙が流れ落ちることはなかった。が、慶太はそれには気づかなかったようで、俺を抱いたまま足を進め、事務所の奥のドアへと向かっていったのだった。

7

事務所の奥は、慶太の生活スペースとなっているようだった。リビングダイニングと思《おぼ》しき部屋を突っ切った先のドアを開くとそこは寝室で、広い部屋の真ん中にキングサイズのベッドが一つ置かれていた。

慶太は真っ直ぐにベッドへと進むと、俺の身体をそっとシーツの上に下ろした。

「………」

俺も子供じゃないので、ベッドの上でこれから慶太が何をしようとしているか、だいたいの想像はついていた。

自分で言うのもなんだが、俺は行きずりの関係、みたいなのは好きじゃない。ハッテン場で出会ってそのまま——という体験はしたことがなかった。

セックスは恋人同士になってからするものだ。俺の歳ではそれは『古風』なポリシーと言われていたけれど、勢いでエッチする、という概念がもともと俺にはない。誠二とも互いに好きだと告白し合ってから身体を重ねた。

慶太は俺にとって、それこそ『行きずり』の人だったにもかかわらず、俺が彼との行為を受け入れつつあった理由は、自分でもよくわかっていなかった。

わからないながらも俺はベッドに仰向けに横たわり、慶太がTシャツを脱がせ、ジーンズのファスナーに手をかけようとしていることも止めようとは思わなかった。

慶太が俺の服を剥《は》ぎ取り全裸にしたあとに、自身も服を脱ぎ捨てていく。逞《たくま》しい胸の筋肉が、締まった腹筋が、そして長い彼の足が露《あら》わになるにつれ、俺の鼓動はドクドクと脈打ち、心の中には期待感としかいいようのない思いが溢れてきてしまっていた。

全裸になった慶太が俺を振り返る。既に彼の雄は勃起していた。誠二も決して貧相な体格ではなかったし、ペニスもそれなりの大きさをしていたが、慶太のそれはなんというか——規格外、といってもいい大きさだった。

腹につきそうになっているそれを目の前にする俺の喉が、ごくりと鳴る。しんとした室内に響き渡るその音を聞いた瞬間、羞恥の念が込み上げてきて俺は彼から目を逸らせ、今更と思いつつも剥き出しの下肢を両手で覆った。

「…………」

くす、と慶太が笑った声がした直後、彼の唇が俺の唇へと落ちてきた。きつく舌を絡めてくる濃厚なくちづけが始まり、早くも頭がくらくらしてきてしまう。

くちづけをかわしながら慶太は俺の胸を掌で二度、三度と擦り上げた。熱い掌の下で早くも乳首が勃ち上がるのがわかる。

元来俺は随分と感じやすい体質で、ことさら乳首への刺激には弱い。特に痛いくらいの刺激を好むのだが、そんなことを慶太が知っているわけはないのに、いきなりきゅうっと指先で抓《つね》り上げてきた。

「やぁっ……」

堪らず合わせた唇から声が漏れてしまった、それが合図になったかのように慶太はキスを中断すると唇を俺のもう片方の胸へと這わせてくる。

舌先で数回舐られ、勃ち上がったところに軽く歯を立てられる。もう片方の乳首もまた彼の指先がきゅうきゅうときつく抓り上げ、俺の欲情を一気に昂めていった。

「やっ……あっ……あっ……」

慶太の舌は、指は、飽きることを知らないように俺の乳首を弄りまくった。途中、右乳首と左乳首、指と舌が入れ替わり、同じように丹念に苛《いじ》め続ける。

指で摘まれ、紅く染まっていた乳首を今度はざらりとした舌で舐られる。もう片方の、唾液に塗れていたほうは、指先で肌に練り込むように擦られたあとに爪を立てられた。

「やだ……っ……もうっ……あっ……いいっ……」

まだ前戯——だと思う、多分——は始まったばかりだというのに、早くも俺の雄は勃ち上がり、先端からは先走りの液まで零し始めてしまっていた。己の鼓動が耳鳴りのように頭の中で響き渡っているのは、血液の循環がこの上なく活発であるためだろうが、その血液が一気に下半身へと——

勃ちきった雄へと流れ込む、そんな錯覚に陥りそうになる。

全身の肌が熱し、吐く息さえ酷く熱い。脳まで沸騰してしまったのか、今や俺の思考力はゼロで、ただただ、自身を呑み込もうとしている快楽の波に翻弄されてしまっていた。

「胸……っ……胸……っ……いい……っ」

慶太の舌技は絶妙だった。それ自体が意思を持つ生き物のように、俺の乳首を舐り続ける。決して大きくはない乳頭を——男だから当たり前だけれど——彼の舌は器用に巻き込んだかと思うと、次の瞬間には硬い舌先が先端を突く。緩急を極めた彼の愛撫に、もう俺は自分が何を叫んでいるのかもわからず、高くただただ喘ぎ続けた。

あまりに気持ちがよかったため、普段は感じるであろう羞恥心がまるで失われてしまっていた俺の口から、赤裸々な言葉が漏れる。

「乳首……っ……いい……っ……きもち……っ……とっても……っ」

あまりの気持ちよさは、俺に恥ずかしい言葉を叫ばせただけでなく、恥ずかしい行動へと俺を駆り立てた。

達してしまいたい、と勃ちきった雄を握り込もうとする。そのまま一気に扱き上げ、フィニッシュ、という俺の望みは、だが、かなえられはしなかった。

「……え……っ？」

何を思ったのか慶太が俺の手を払いのけてきたのだ。

戸惑いの声を上げながらも、俺は再度己の雄を握ろうとしたのだが、そのときには既に彼が俺の下肢に顔を埋めていた。

「やあっ」

いつしか大きく開いてしまっていた両脚の間に慶太は己のポジションを見つけると、勃ちきった俺の雄をすっぽり口に含んだ。

熱い口内を感じた瞬間、俺は射精しそうになった。が、一瞬早く慶太に根元をぎゅっと握られ、達することができなくなった。

慶太の舌技はフェラチオでも遺憾なく発揮された。尿道を抉《えぐ》る勢いで先端を舐っていた彼の舌が下り、くびれた部分を舐め上げたあとに裏筋を伝っていく。

竿を下り終えると彼は俺の睾丸を口に含み、ころころとしたそれをさんざん弄《もてあそ》んでからまた、舌を竿へと這わせ先端を咥えてきた。硬くした舌先でぐりぐりと尿道を責められてはもう我慢できなくて、俺はベッドの上でシーツをぎゅっと掴み、身悶えまくった。

「いくっ……いくっ……いくようっ……」

宣言しているのに実際達していないのは、慶太が雄の根元をぎゅっと握っているためだった。いかせてくれ、と下肢に顔を埋める彼を見下ろしても、慶太は目を上げる気配もない。

それなら、と両脚でぎゅっと彼の頭を挟むと、慶太は一瞬目を上げたものの、俺の希望をかなえてくれるどころか指先を腰が浮いてしまっていた俺の後ろへと回してきた。

「あぁっ……」

ずぶ、と彼の指が後ろに挿入される。乾いた痛みを覚えたのは一瞬だった。一発で前立腺を探り当てた慶太にそこばかりを刺激され、雄に与えられる舌先での愛撫と相俟《あいま》って俺はそれまで以上の昂まりに、シーツの上でのたうちまくることになった。

「もうっ……やっ……はやく……っ……いかせて……っ……いかせてくれよう……っ」

頭の中は真っ白で、思考はゼロどころかマイナスといってよかった。ただただいきたい、達したい、と慶太の頭をまた太腿でぎゅっと挟んでも、彼の行為は止まらない。

「やだ……っ……やだよう……っ」

延々と続く絶頂感に、次第に恐怖を覚え始めていた俺は、泣きたい気持ちになっていた。今までいろんな男と――といっても三、四人だが――セックスはしてきたけれど、こんなにも長くエクスタシーを感じたことがなかったために不安になってしまったのだと思う。

怖い、と首を横に振る俺の目から、ぽろぽろと涙が零れた。喘ぐ声も掠《かす》れてしまう。そのせいだろうか、ようやく慶太は顔を上げ、俺を見上げてきた。

「……や……っ……」

ゆっくりと彼が口から俺を取り出し、身体を起こす。

彼の形のいい唇の間から、怒張しきった俺の雄が出てくるのを見ているだけで、俺はもう、堪らない気持ちになっていた。

整っているなんて言葉じゃ足りないくらいかっこいい慶太の顔と、グロテスクにも見える自身の雄のコントラストが、俺を最高に昂めていく。

「あっ……」

そのとき慶太が一気に身体を起こした。同時に後ろから彼の指が抜かれたのに、内壁が指の感触を惜しむかのようにひくひくと激しく蠢く。

堪らず喘いでしまった俺は、次の瞬間慶太に両脚を抱え上げられ、身体を二つ折りにさせられた。

「あ……っ」

ひくつく後孔を晒《さら》され、一瞬芽生えた羞恥の念は、慶太がずぶりと彼の雄の先端をそこに捻《ね》じ込んできたときに、宇宙の彼方へと飛んでいった。

「すご……っ」

思わず叫んでしまったが、慶太の雄の質感はもう、すごい、の一言に尽きた。ずぶずぶと俺の中に挿《はい》ってくる彼の雄の太さも長さも、今まで体感したことがない未知の世界で、俺は一瞬、驚きから素に戻ってしまっていた。

すべてを俺の中に埋め終わった慶太が、はあ、と大きく息を吐く。こんな奥深いところまで、挿入されたことがなかった、と唖然としていた俺に彼が、ニッと笑いかけてきた。

「動くぜ？」

「……う、うん……」

フェロモンだだ漏れの笑顔に、見惚れた俺の返事が一瞬遅れる。慶太はそんな俺にまた、震いつきたくなる笑顔を向けたかと思うと、俺の両脚を抱え直し、いきなり腰の律動を開始した。

「あっ……あぁっ……あっ……あっ……あっ……」

途端に俺の頭の中で、何千発もの花火が上がった。今までもさんざん『絶頂感』を得ていたはずの俺の身体は、更なる快楽の極みに引き上げられ、得たこともない快感に我を忘れていった。

「いいっ……おおき……っ……大きくて……っ……いい……っ」

慶太の雄を賛美する言葉を告げると共に、彼の、まるで機械《マシン》のように衰えを知らない突き上げを褒め称える。

「奥まで……っ……奥まで、くるぅ……っ……すご……っ……こんなの……っ……こんなの、今まで知らない……っ」

ＡＶ女優だって、こうもやかましく喚かないだろうというくらい、高く喘ぎまくっていた俺の意識はそのとき、殆どないような状態だった。

体感したことのない快感に翻弄され続け、自分を失っていた俺は、どれだけ自分が気持ちいいか、どれだけ感じているかを、その快感を与えてくれる慶太に訴えまくった。

「ぶっとい……っ……すごい……っ……いい……っ……こわれ……こわれちゃう……っ……もうっ……」

誇張ではなく、延々と続く慶太の規則正しい律動に、俺はもう、どうにかなりそうになっていた。

このままでは身体も人格も壊れてしまう。だがそのことに対する恐怖はもうなく、できることならこのままずっと、昂まりに昂まりまくった状態が続くことを、俺は望んでしまっていた。

「このまま……っ……あぁっ……このまま……っ……ずっと……っ」

過《す》ぎるほどの快感が、実際過ぎてしまったあと、どれだけの喪失感に悩まされるか、それが怖くて堪らなかった。できることならずっと、この天国ともいうべき状態でいたい、と慶太を見上げる。

「……やぁっ……」

慶太はずっと俺を見下ろしてくれていたようだった。目が合った途端、笑いかけてきた彼の笑顔の素敵さに、やられた、と思ったと同時に俺は達してしまっていた。

「あぁっ」

自分の顎のあたりまで自身の精液が飛んできたことにびっくりする。と、射精を受け、激しく収縮する後ろが慶太の雄を締め上げたからか、彼も達したようで、低く声を漏らしたあとに俺に覆い被さってきた。

「ああ……」

ずしりとした精液の重さを感じる俺の口から、我ながら充足感溢れる溜め息が漏れる。

「……大丈夫か？」

息を乱している俺を心配してくれたのか、慶太が問いかけながらそっと唇を寄せてきた。

「……うん……」

息も絶え絶えだったし、心臓が破裂しそうなほど鼓動は速まっていたけれど、こんなにも大きな快感を得たのは初めてだったという、感動――とでもいうのだろうか、そんな気持ちに突き動かされ、俺は首を縦に振ってみせる。

「……すごく……よかった」

率直な感想を告げたのは、それこそ、『初めての経験』に気持ちが高ぶっていたためだと思われた。俺の言葉を聞き、慶太が実に嬉しそうに笑う。

「そうか」

やっぱりフェロモンだだ漏れの彼の笑顔に、思わずぼうっと見惚れてしまう。が、次に彼が告げた言葉は聞き捨てならないもので、俺は思わず大きな声を上げてしまったのだった。

「それなら期待に応えて、もう一度」

「ちょ、ちょっと待って……っ」

やにわに俺の両脚を抱え上げた彼の雄が既に硬さを取り戻していることに驚くと同時に俺は、今すぐ次の行為に進むのは無理だ、と主張しようとした。

まだ息も整っていないのに、という俺の言葉をさらりと流し、慶太が激しく腰を打ち付けてくる。

「や……っ……やめ……っ……あぁ……っ」

燻《くすぶ》っていた快楽の焔《ほむら》に火が点くのに、それほど時間はかからなかった。息も絶え絶えであったはずなのに、早くも俺の身体は慶太の突き上げに悦びを感じ、再び襲い来る快楽の波に俺は自ら飛び込んでいった。

「いい……っ……とっても……っ……いく……っ……いく……っ……いくぅ……っ」

またも、どこのAV女優かと思われるような高い声を上げながら、絶頂に次ぐ絶頂を迎えさせられていた俺は、二度目に達したあとにはついに、それこそ今まで未体験の『昇天』ともいうべき失神を体験することになったのだった。


「おい、大丈夫かあ？」

ぺしぺしと頬を叩かれ、うっすらと目を開く。

「……あ……」

視界一杯に、慶太が心配そうに俺を見つめる顔が飛び込んできたことに、思わず声を漏らした俺に対し、慶太が再び問いかける。

「大丈夫か？　気分は？　水、飲むか？」

「……水……」

実際『大丈夫』と言うには無理のある状態ではあったが、心配をかけたくなくて俺は『駄目』と言うことができなかった。

せめて水でも飲めば少し回復するかもと考え、それを求めた俺の背を支えるようにして慶太は身体を起こしてくれると、事前に用意してくれていたらしいエビアンのペットボトルを俺へと差し出してきた。

「……どうも……」

キャップは慶太が外してくれていた。ごくごくと水を飲み干し、はあ、と大きく息を吐いた俺に、慶太が話しかけてくる。

「寝るか？」

「……うん……」

なんだか恋人同士みたいだ、というのが最初に浮かんだ感想だった。実際、慶太は俺の恋人などではなく、俺の親父が依頼した便利屋にすぎないというのに、なぜか俺の胸には慶太への愛しさが溢れ、既に収拾不可能な状態となってしまっていた。

「ゆっくり、眠るといい」

慶太がそう言いながら、俺の身体を胸に抱き寄せ、唇を額に、頬に、瞼《まぶた》に与えながら、それは優しい手で俺の髪をかき混ぜる。

本当に恋人同士みたいだ、という錯覚は、そのときの俺を酷く嬉しい気持ちへと駆り立てていった。

「寝よう」

ニッと微笑み、俺を抱き寄せる慶太の裸の胸に頬を寄せる。

慶太の腕は相変わらず優しく、そして力強かった。これでもかというほどの充実感を得ていた俺は彼の胸から聞こえる規則正しい鼓動にますます満ち足りた気持ちになり、うっとりと目を閉じた。

「……なあ……」

頬を当てた胸から慶太の声が震動となって伝わってくる。

「……なに……?」

俺の髪を撫でてくれる慶太の指も優しい、と思いながら答えた俺は、慶太が睦言《むつごと》めいたことを言ってくれるのだと期待していた。

が、彼が俺に伝えたかったのはそんな、甘い囁きではなかった。

「家、戻ってやれよ。親父さんもお袋さんも、心配してたぞ」

「…………」

なんだ、そっちか、と拍子抜けし、思わず溜め息をついてしまった。慶太は無言で俺の髪を梳《す》いてくれている。

結局はさっきのセックスも、慶太にとっては仕事の一環だったのかもしれないな、と思うとまた、溜め息が出た。だが不思議と、酷いな、という感情が芽生えることはなかった。

いい仕事するなあ、と、まるで人ごとのような感想を心の中で呟いていた、その理由は多分、慶太が本当に『いい仕事』をしたからだと思う。

「……明日、帰る」

ぽつり、と呟くと、慶太の動きがぴた、と止まった。が、次の瞬間には彼はまた優しい手つきで俺の髪を撫で始めた。

「そうか」

笑いを含んだ声が頭の上から音として響き、バイブレーションとして彼の胸から伝わってくる。

二度と戻るまいと思った家に、また戻る気になれたのも慶太の『仕事』によるところが大きい。めくるめくセックスで精も根も尽き果ててしまい、今、俺の身体も心も空っぽな状態になっていた。

父親との確執は一生ものだと思っていたのに、親父は俺を理解しようとしてくれていたという。聞いたときには、信じられない、と耳を塞《ふさ》いでしまったが、今の心が空っぽの状態では、そうだったんだ、と素直に父親の行為を受け止めることができた。

見切られたと思っていたが、父は俺をずっと見守ってくれていたという。それも素直に嬉しいと思えた。

あの家に俺の居場所がある。そのことに安堵しているのを素直に認められるようになったのも、全部慶太のおかげだ。

「……ありがとう」

俺の口からぽろりとその言葉が零れたのは、慶太にはしっかり聞こえていたと思う。だが慶太はあたかも聞き漏らしたかのようなふりをし、無言で俺の髪を梳き続けてくれた。

なんだか、こういうのっていいなあ。

目を閉じ、愛情溢れる指先で髪を梳いてくれる慶太の胸に身体を寄せる俺の胸に、なんともいえない満足感が溢れてくる。

慶太の『愛情』が仕事の一環だということは勿論、納得していた。それでもそれを慶太は『仕事』と感じさせない演技力を持っていた。

今だって、まるで俺が愛しくてたまらないという感じじゃないか、と微笑む俺の身体を、慶太がそっと抱き寄せる。

キスしてほしいな、と顔を上げると、希望どおり慶太の唇が落ちてきた。

「ん……」

触れるようなキスが次第に、互いの舌を絡め合う濃厚なくちづけへと変じていく。

「…………っ」

ふと手に触れた彼の雄は既に、驚異の復活を見せていた。熱いその感触にぎょっとし、思わず目を見開いた俺の視界に、少し照れた表情になった慶太の男くさい顔が映る。

どき、と胸が高鳴ったと同時に、すっかり消耗しきっていたはずの俺の身体もまた、込み上げてきた欲情に熱く震え始めた。

もう一回、やりたいと慶太の雄に手を伸ばし、そっと握り込んでみる。

「……わ……」

俺の手の中で彼の雄が一段と熱と硬さを増していくのを感じた俺の口から、驚きの声が漏れた。

「……上、乗ってみるか？」

いつしかくちづけを中断していた慶太が、俺をじっと見つめながら囁いてくる。

「うん」

頷き、俺は上掛けを剥いでくれた慶太の身体の上に跨《また》がった。彼の雄を手で握り、自分で広げたそこにあてがうと、ゆっくりと腰を落としていく。

「……ぁ……っ」

今まで彼の雄をさんざん咥え込んでいたそこは、なんの苦もなく慶太の逞しい雄を呑み込んでいった。カリの部分に擦られた内壁が、その感触を悦ぶかのようにざわざわと蠢き、彼の雄を締め上げる。

「……いいぜ」

慶太が俺を見上げ、ニッと笑ってみせる。その顔も、そして少し掠れたその声も、なんてセクシー、と思ったそのとき、慶太の両手が俺の腰を捕らえ、ぐっと力を込めて俺の身体を一気に彼の上に落としてきた。

「あぁっ……」

いきなり奥深いところに——座位のために今まで以上に深いところに彼の雄を突き立てられることになった俺の口から、悲鳴のような高い声が漏れる。その声は、慶太が俺の腰を掴んだまま、激しく腰を突き上げてきたのに、ボリュームを落とさぬまま俺の口から発せられ続けた。

「やぁっ……すごい……っ……すごいすごいすごい……っ」

物凄い腹筋、と感心する余裕など勿論なかったが、仰向けに寝たまま突き上げを続ける慶太の動きは激しく、俺は快楽の階段を数段飛ばしの勢いで上り詰めることになった。

「いっちゃう……っ……もうっ……もう、もう、いっちゃう……っ……すごいよう……っ」

自分でも何を叫んでいるかわからない。慶太の身体の上で、彼の動きとは真逆に身体を落とすことで、更なる奥への突き上げを望む、そんな自身の動きもまるで俺は意識していなかった。

「ふかい……っ……ほんとにふかい……っ……こんなの、こんなの初めて……っ」

冷静になれば、自分がそこらのＡＶと似たような言葉を叫んでいることに羞恥を覚えただろうに、冷静さとは対極にいた俺は、ただただ感じるままを口にしてしまっていた。

本当に『こんなの初めて』の経験だった。頭も身体もおかしくなってしまいそうで、まさに今、俺は天国にいる、そんな気持ちだった。

「いくっ……あぁっ……いくっ……いく……っ……いくうっ」

言いながら俺は自身の雄を握り、扱き上げていた。

「アーッ」

白濁した液が勢いよく辺りに飛び散るのと同時に、まさに『昇天』状態に陥っていた俺はそのまどさりと慶太の胸に倒れ込んでいった。

「……大丈夫か？」

遠のく意識の中、慶太が心配そうに身体を揺さぶってきたのをぼんやりと感じながら俺は、満ち足りた、という表現では足りないほどの充実感を胸に、再びそのまま気を失ってしまったようだった。

8

翌朝、俺が目覚めたときには、もう日が高く昇っていた。

「おはよう」

起き抜けでぼんやりしていた俺の頭の上から声が降ってくる。

「あ……」

裸の胸に俺を抱き締め、微笑みかけてくれていたのは慶太だった。少し髭《ひげ》が伸びているその顔はやっぱりセクシーで、思わずぼうっと見惚れてしまう。

「起きられるか？」

自身も眠そうにしながら慶太が問いかけてくる。

「うん」

頷き、起き上がろうとしたが、身体を支えようとした腕はかくん、と折れてしまった。

「あれ？」

力が入らない上に、全身が鉛のように重い。なんで、と、ままならない自分の身体に戸惑いを覚えていた俺は、背後からいきなり慶太に抱き締められ、はっとして彼を振り返った。

「まあ、昨夜あれだけ頑張ったからな。暫く寝てるといい」

メシ、作ってやる、と慶太が俺の耳元で囁いたあとに、一人身体を起こす。

「あの……」

「今日はどうせ暇にしてるから、ゆっくり休んでいってくれてかまわねえよ」

俺が上体を起こすことすらできないのに、慶太は軽々とベッドを下りると、床に落ちていた下着を——グレイのボクサーパンツだった——身につけ、さっさと部屋を出ていってしまった。

「……すごいな……」

綺麗に盛り上がる肩の筋肉やら、高い位置にある腰の位置やら長い足やらに見惚れていた俺の前で、バタン、とドアが閉まる。

多分慶太は俺より随分と年上だと思うのに——しかも昨夜は俺と同じように『頑張った』はずなのに、あの体力は凄い、と改めて感心しつつ俺は、再度起き上がろうとし、

「……やっぱ、無理か……」

少しも身体に力の入らないことを認めざるを得なくて諦め、はあ、と大きく息をついた。

改めて記憶を辿ると、怒濤《どとう》の出来事、としかいいようのない展開で、溜め息しか出てこない。

誠二が俺を騙して、俺の親父から一千万の金を巻き上げようとしていたこと。それに事前に気づいていた慶太が俺の危機を救ってくれたこと。

慶太を差し向けたのは俺の親父で、親父は俺をずっと遠くから見守ってくれていたこと。そして

——。

親父との確執から、家になど帰りたくないという俺を慶太は事務所に連れてきてくれ、俺が落ち着くようにと抱いてくれたこと。

仕事としての行為とはとても思えない、濃厚というかなんというか、まさに天国に昇るという言葉がぴったりの、ただただ気持ちのいい凄いセックスだった、と昨夜の慶太との夜を思い出す俺の口から感嘆のあまり溜め息が漏れる。

おかげで今朝はこうして腰が立たないのだけれど、と苦笑したとき、がちゃりとドアが開き大きなトレイを手にした慶太が室内へと戻ってきた。

「お姫様、ご朝食です」

慶太はもう、シャツとジーンズを身につけていた。トレイの上にはトーストと卵料理とサラダ、それにコーヒーがそれぞれ二セット置かれている。

ふざけた口調で俺を『お姫様』と呼んだ彼は、ベッドサイドの小さなテーブルに一旦トレイを置いたあと、俺の腕を掴み、

「よいしょ」

と声をかけながら身体を起こしてくれ、二つの枕を積んで背もたれも作ってくれた。

「どうも」

「どういたしまして」

礼を言った俺に慶太は微笑むと、「さあ、食べよう」とトレイを俺の膝に乗せ、自身もベッドに腰を下ろしてトーストに手を伸ばした。

「朝はいつも抜いてるのか？」

悪いなと思ったからコーヒーは飲んだけれど、サラダをつつくくらいで食が進まないでいた俺に、慶太が話しかけてくる。

「ごめん……」

昔から俺は、朝食をとる時間があれば寝ていたい、と惰眠を貪るほうだったので、朝は食べないことが多かった。今朝、食欲がないのは昨夜の疲れがとれないためでもあったが、起き抜けは食べられないのだ、と謝ると、

「身体のためには食べたほうがいいけどな」

慶太はそんな、保護者のようなことを言いつつも、

「無理して食べる必要はないぜ」

と笑いかけてくれた。

「うん」

頷きはしたが、慶太が美味しそうにトーストや卵を食べているのを見ているうちに、俺もなんだか食べたくなってきてしまい、トーストを手に取った。

かり、と囓《かじ》るとこんがり焼けたトーストは酷く美味しくて、結局俺はトーストばかりじゃなく、

スクランブルエッグやサラダ、すべてを完食してしまっていた。

「お口に合ったようでなにより」

ずっと前に食べ終わっていた慶太が、フォークを置いた俺に向かい、にっこりと微笑みかけてくる。

「うん、美味しかった。ありがとう」

こんな美味しい食事は、ここのところ食べたことがなかった、と俺も慶太に笑い返したのだが、そのときふと、いつも俺の料理を美味しい美味しいと言って食べてくれていた誠二の顔が浮かんだ。

もともと料理なんてしたことがなかった俺の作ったものなんて、そんなに美味しいはずがないのだ。自分で食べても、美味しい、という感想は抱けなかったのに、誠二はいつもにこにこ笑いながら完食してくれた。

「……ねえ」

昨夜、泣き喚いていた誠二の姿を思い出しながら、俺はトレイを手に立ち上がった慶太に声をかけた。

「ん?」

慶太が、なんだ、というように微笑み首を傾《かし》げる。

「……誠二の横領、もう会社に伝えちゃった?」

俺の問いかけを聞き、慶太は一瞬驚いたように目を見開いたあとに、トレイをサイドテーブルに置き、再びベッドに腰を下ろした。

「どうしてそんなことを聞くのかな？」

言いながら慶太がじっと俺の目を覗き込んでくる。

「うん……」

自分でも人がよすぎるとは思う。が、このまま誠二が会社をクビになるのは気の毒な気がした。横領で解雇になどなったら、再就職もままならないだろう。それ以前に今の会社に訴えられる可能性も高い。

そうなったら誠二の人生は終わってしまう。それはちょっと可哀想すぎるんじゃないか、と俺は思ってしまったのだった。

「まだだったら、できれば黙っていてもらえないかなあと思ってさ」

「………本当にお前は……」

ぼそり、と続けた俺の前で、慶太もまた、ぼそり、と呟いたかと思うと、不意に手を伸ばし、俺の頭を抱えるようにして彼の胸へと押し当てた。

「なに？」

抱き締められるような格好になり、戸惑いの声を上げた俺の耳元で、慶太の少し掠れた声が響く。

「優しすぎるんだよ、お前は。恨んでもいい相手だぜ？　なぜ奴の人生を心配する？」

慶太の口調は少し怒っているようだったが、俺の頭を抱えた手はそれこそ、酷く『優しい』ものに感じられた。

「別に優しくないよ」

確かに恨んでもいいようなことをされたとは思う。でも、誠二を恨んでいるか、と問われたら俺は、首を横に振ったに違いなかった。

学校の成績も悪かったが、それ以前の段階で、俺は多分馬鹿なのだ。もしかしたら——いや、かなりの確率で、誠二が俺に対して優しく振る舞っていたのは、俺の実家の財力を当てにしていたからだろうに、それでも彼に優しくされた思い出は本物だと思えてしまう。

実際は偽物の愛情だったのだろうけど、あのとき確かに俺は幸せだった。その幸せをくれた誠二を不幸にはしたくない。

それを説明したくて俺は顔を上げようとしたのだが、慶太の手は意外に強い力で俺の頭を押さえつけ、俺の動きを阻んでいた。

「離してよ」

痛い、と言いかけた俺の声に被せ、慶太の静かな声が響く。

「まだあの野村って野郎が好きなのか？」

「……好きじゃないけど……」

慶太の手が緩まないので、仕方なく俺は彼の胸に顔を伏せたまま、ぼそぼそと言葉を続けた。

「……確かに酷いことされたとは思うけどさ、だからって彼の人生をめちゃめちゃにするのは、申し訳ないっていうか……」

「もしもお前が安原を殺してたら、お前の人生がめちゃめちゃになってたんだぞ？」

俺の言葉をまたも慶太が厳しい声音で遮る。

「それは俺が馬鹿だからで……」

「……あのなあ……」

人殺しをしようと思いついたのは、単に俺が浅はかだったからだ。誠二は関係ない、と言いかけたとき、不意に慶太が俺の後頭部から手を退けたかと思うと、え、と思い顔を上げた俺の両肩を揺さぶり、熱っぽい口調で訴えかけてきた。

「なんでお前はいつも、自分が悪いと思い込むんだよ。お前は悪くない。本当にいい子だ。そこを利用されようとしたんだぜ？　もっと怒ってやりゃあいいじゃねえか」

「あ、秋山さん？」

何を熱くなってるんだ、と戸惑っていた俺の前で、慶太ははっとした顔になったあと、酷く照れくさそうに笑った。

「……ムキになっちまった」

そんな顔もフェロモンだだ漏れで、ほう、と思わず魅入ってしまう。と、慶太の顔から笑みが消え、実に淡々とした口調で話し始めた。

「でもまあ、会社に通告されたほうが奴のためだと思うぜ。もし今回有耶無耶《うやむや》なまま終わったら、奴は更に大きな犯罪に手を染めることになった可能性が高い。そうならないためにも、自分がどれだけ悪いことをしちまったか、現段階で思い知らせてやるのは必要なんだよ」

「…………正論……だ」

確かにそのとおりだ、と頷いた俺の頭に、慶太の掌がぽん、と乗せられる。

「お前は本当に、優しいな」

にこ、と微笑みかけてきた慶太の笑顔は、またも俺の鼓動をこの上なく速めるほどに素敵だった。

「優しいんじゃないよ」

どぎまぎしてしまったせいもあるけれど、なんだかいいように誤解されているのが照れくさくて、俺は俯いたままぼそぼそと反論を口にした。

「本当に優しいっていうのは、秋山さんみたいに、誠二の今後を考えてやることだと思うし……俺はほんと、馬鹿だから、目先のことしか考えられてないし……」

「馬鹿じゃない。優しいんだ」

慶太が俺の言葉を遮り、また、ぽん、と頭に手を乗せてくれる。

「……優しいのは秋山さんだよ」

そうじゃなきゃ、こうも優しく俺の頭を叩いてくれるわけがない、と俺はじっと慶太を見上げた。

「俺が？」

慶太が戸惑ったように俺を見返す。

「うん。仕事だからってことはわかってるけど、でも秋山さんは本当に優しいと思うよ」

「仕事？」

またも慶太が戸惑ったように問い返してきたのに、俺もそこまで純じゃないから大丈夫だよ、という思いを込め、話を続けた。

「抱いてくれたのも、朝ご飯作ってくれたのも、親父からの依頼の延長なんだよね？　それでも別にいいんだ。おかげで元気になれたし、それに、なんか嬉しかったし……」

「おい、ちょっと待てや」

と、ここで慶太が慌てた様子で俺の言葉を遮った。

「え？」

「仕事で抱いたと思ったのか？　このメシも？」

慶太は明らかに憤慨していた。なんで怒っているんだろう、と首を傾げる俺に対し、慶太がむっとしていることを隠そうともしない口調で言い捨てる。

「あのなあ、仕事で抱けるほど、俺は器用じゃねえよ」

「え？」

ということは、と問おうとしたときには慶太は、ぽん、と俺の頭を叩き立ち上がっていた。

「起きられそうだったらシャワーを浴びるといい。その奥の扉だ。そのあと、家まで送るからよ」

慶太は笑顔を浮かべてはいたが、まだ少し怒っているようにも感じられた。

「……わかった」

頷きながらも彼の真意を知りたくて、じっと顔を見上げる。が、慶太はもう俺を見返すことはせず、トレイを持ち上げるとそのまま部屋を出ていってしまった。

何かお腹に入れたのがよかったのか、立ち上がるくらいの体力を取り戻していた俺は、ベッドから下り、教えられたドアを開いて浴室に入ると、シャワーを浴び始めた。

『仕事で抱けるほど、俺は器用じゃねえよ』

慶太の言葉がぐるぐると頭の中で巡っている。

ということは、昨夜のあの、濃すぎるほどに濃い行為は、仕事の一環ではなかったということなんだろうか、と首を傾げる俺の頭に、それならなんだったんだ？　という疑問が浮かぶ。

その答えはいくら考えても出てこなかった。一体慶太はなぜ、俺を抱いてくれたんだろう、と考えながらもシャワーを浴び終えた俺は、いつの間にか脱衣所に用意されていた自分の服を着込み、寝室を通過して事務所へと向かった。

「準備できたか？」

問いながら慶太が微笑み、車のキーを手に席を立つ。

「……うん……」

なんだか忘れ物をしたような気持ちではあったが、ざっと思い起こしてもそんなものは存在しない。

ああ、誠二の部屋には俺の服やらものやらが残っていたな、と考えた、俺の思考を今回もまた、慶太は見事に読んだ。

「野村って野郎の部屋にあったお前の荷物はもう、実家に運ばれてるよ」

「……そうなんだ」

早いな、と驚きの声を上げた俺の背を促し、慶太は事務所を出ると、階段を下りて到着したビルの前、路上に停めてあったビートルの助手席のドアを俺のために開いてくれた。

俺が乗り込んでいる間に、運転席へと向かった慶太がドアを開き車に乗ってくる。エンジンをかけ、車を発進させる間、慶太は一言も喋らなかった。

なんか不機嫌っぽい、と顔を見やると「シートベルト」と指摘される。

「あ、ごめん」

忘れてた、とベルトをはめたあと、二人の間に会話はなかった。

世田谷《せたがや》にある親父の家には、それから十五分ほどで到着した。家のまん前で慶太が車を停め、運転席から降りる。

彼は、内側からは開かないという助手席のドアを開けてくれ、降りろ、というように目で示してきた。

「……あの……本当にありがとうございました」

親父から報酬は貰っているのだろうが、実際助けてもらったのは俺だ。それゆえ礼を言った俺に慶太は、一瞬何か言いかけたが、やがていつものようにニッと笑うと無言でまた、降りろ、と目で示してきた。

「…………」

これでお別れなのか、と思うと酷く寂しい気持ちになった。が、いつまでも愚図愚図と車の中にとどまっているのは迷惑だろうと思い、仕方なく俺は車から降りた。

「それじゃな」

慶太がまた俺の頭をぽん、と叩いてから、運転席に戻ろうとする。そのときなぜか俺の足は動き、慶太を追いかけてしまっていた。

「あのっ」

叫んだと同時に、慶太の広い背に抱きつく。

「……おい？」

戸惑った声が降ってきたが、かまわず俺は慶太の身体を後ろからぎゅっと抱き締めた。

別れがたい——その思いが急速に込み上げ、俺を突き動かしていた。

慶太にとって俺がどんな存在であるかは別にして、俺にとっての慶太の存在は今や、ある意味特別なものに変じつつあった。

『ある意味』がどのような意味かは、自分でもよくわかっていない。だが、これで彼との付き合いが切れてしまうのは嫌だ、という考えのみで俺は動いてしまっていた。

「ボーヤ、どうした」

慶太が苦笑し、無理矢理に俺の手を解くと振り返って正面から俺をじっと見下ろしてくる。

「……なんか、寂しくて……」

俯き、ぽろり、と本音を漏らした俺を慶太は暫し見つめていたようだが、やがて彼の手が俺の顎を捕らえたかと思うと不意に上を向かされた。

「……っ」

何、と思ったときには、唇を慶太の唇で塞がれていた。驚愕に目を見開いている間に彼の唇は退いていき、夢でも見たのかと俺は、まじまじと慶太の顔を見上げてしまった。

「寂しくなんかねえよ。お前には帰る家があるんだから」

慶太が笑ってそう告げ、俺の肩をぽん、と叩く。

「………」

今のは確かにキスだった――よな？

問いかけたいのに慶太は踵《きびす》を返すと、俺の家の門へと進みインターホンを押した。

『はい』

響いてきたお手伝いさんの声に対し慶太が言葉を発する。

「君雄君が戻りました。すぐ鍵を開けてください」

そう言ったかと思うと慶太は、呆然と立ち尽くしていた俺を促し、門へと向かわせた。

『旦那様、旦那様っ』

インターホンの受話器を外したまま騒いでいるお手伝いさんの声が響く中、慶太が俺のために門を開け、さあ、と俺の背を押す。

「それじゃな」

ぱちり、とウインクをして寄越した慶太の顔は、相変わらずフェロモンだだ漏れではあったが、俺がそれに見惚れることはなかった。

もうお別れなのだと思うと寂しさが先に立ち、顔を凝視することができない。

なんでこうも寂しいのだろう、と自身の心情を掘り下げる暇《いとま》を与えず、慶太が俺の背をまた強く押す。その勢いを借りて門の中に足を踏み入れた俺の耳に、慶太の声が響いた。

「親父さんと仲良くな」

ああ、やっぱり仕事だったんだな、と思いながら振り返った慶太の顔は、少し切なそうに見えた。きっと気のせいだろうけど、と俺は彼に頷き返し、そのまま真っ直ぐに庭を突っ切り玄関へと向かっていった。

慶太の視線を背中に感じる。でも振り返ることはできなかった。振り返って慶太が俺など見ていないことがわかったら、もう立ち直れないくらいに落ち込んでしまうだろうからだったのだが、そんなことを考える自分の真の気持ちを、今はっきりと俺は自覚していた。

俺は——慶太が好きなんだ。

恋に落ちてしまったんだ、と気づいた途端、俺の頬にカッと血が上っていった。堪らず両手を頬にやった俺の脳裏に、見惚れずにはいられないほど魅力的な慶太の笑顔が浮かぶ。

「………」

顔やセックスに惚れたわけじゃない。俺を温かく包んでくれた慶太の優しさに惚れたのだ、と俺は、彼にかけられた言葉の一つ一つを思い起こしていた。

『お前は優しすぎるんだよ』

そう言ってくれた彼こそが優しすぎたのだ。だからこそ俺は恋に落ちてしまったわけで、と思いながらも足を進めていた俺の目の前で、玄関のドアが勢いよく開いた。

「君雄‼」

ドアから飛び出してきたのは親父だった。焦っていたのか、裸足のまま俺に駆け寄ってくる。

「………親父……」

泣きそうな顔をしていた親父が、俺をきつく抱き締めてきた。

「よかった、無事で……」

耳に届く親父の声は酷く震えていた。

「君雄君……」

玄関には義母も、そして歳の離れた弟もいたが、きょとんとした顔をしている弟の手を引いていた義母の頬にも涙の跡があった。

「ごめん……心配かけて、ほんと、ごめん……っ」

ゲイというだけでなく、恐喝事件に巻き込まれたとわかったときには、親父は、そして義母はどれだけ心配しただろうと思うと、申し訳ないという気持ちが募り、堪らなくなった。

ごめん、ごめん、と繰り返す俺の背を親父はしっかりと抱き締めていてくれたが、いつまでも玄関先にいることはないかと我に返ったらしく、

「いいから上がれ」

と俺の背を抱いたまま、家の中へと向かった。

俺が靴を脱いでいる間、親父はこっそりと涙に濡れていた頬を拭っていた。俺もまた俯いたまま、目を手の甲で擦る。

親父は俺をリビングへと連れていくと、応接セットの向かい合わせに座らせた。義母が気を遣い、冷たい飲み物を用意しに台所へと向かう。

「おにいちゃん、おかえりぃ」

義弟が無邪気にはしゃぎ、俺にまとわりついてきた。

「……うん……」

無垢な微笑みに誘われ、微笑んだ俺の耳に、親父の声が響く。

「君雄、私が悪かった。頼むから家に戻ってもらえないだろうか」

「……違うよ。親父は悪くないよ」

そう、悪いのは俺だ、と、俺はまず、親父に今回の礼を言わねば、と改めて目の前に座る彼を見やった。

「心配かけて、本当にごめん……俺、人を見る目がないから、変な男にひっかかっちゃって、結局親父に迷惑かけることになって……」

本当に申し訳なかった、と頭を下げた俺の耳に、親父の声が響く。

「……そりゃ心配したが、お前が無事でよかったと思ってるよ」

「……親父……」

少しも俺を責める気がない、それどころか、心底喜んでいる様子の親父の言葉に、俺の胸は詰まり喉元まで熱いものが込み上げてきてしまう。

「本当に、ごめん……」

俺にできることはただ、頭を下げ続けることのみだった。もういい、と言われても俺は親父に、そして俺のために麦茶を運んでくれた義母に対し、頼むから気にしてくれるな、という親父の、そして義母のありがたすぎる言葉に恐縮しまくり、尚も頭を下げ続けたのだった。

9

多分、驚くだろうな、と予想しつつ、俺は新宿二丁目の裏手にある慶太の事務所を訪れようとしていた。

昨日彼に、自宅へと送ってもらったばかりではあるので、『多分』どころか確実に驚かせる自信があった。

慶太の仕事は、俺の窮地を救うことともう一つ、俺を自宅に戻すことだったと昨夜のうちに親父から聞き出していた。

なのに俺がまた家を飛び出してきたのだと知れば、慶太は仰天するだろう。その顔が見たい、という悪戯心を抱きつつ、俺は慶太の事務所が入っているビルの階段を上り、四階を目指した。

路上にビートルが停まっていたから、多分在宅しているだろう、と予測を立てる。

さて、入ろうと思ったときにはちょっと緊張したが、今更躊躇っても仕方ないかと思い直し、インターホンを押した。

「どうぞ。開いてますよ」

インターホン越しではなく、慶太の生の声が扉の向こうから響いてくる。よかった、いてくれて、と思いながら俺はドアノブを握り、勢いよく開いた。

「………」

慶太が俺の姿を見て、驚いたように目を見開く。デスクに座って何か書きものをしていた彼に俺は大股に近づいていくと、目の前に立ち口を開いた。

「あのさ、頼みがあるんだけど」

「頼み？」

俺の言葉を聞いた途端、我に返った様子になった慶太が、鸚鵡返《おうむがえ》しに問うてくる。戸惑っている様子の彼に俺は自分の『頼み』を打ち明けたのだが、それは更に彼を戸惑いの真っ直中に追いやるものだったようだ。

「俺にも秋山さんの仕事、手伝わせてもらえないかな？」

「手伝う？」

素っ頓狂なほどの大声を上げた慶太の机をバシッと両手で叩くと、身を乗り出し、俺は昨日一日考えに考えて導き出した自分の人生設計を彼に訴え始めた。

「俺も人の役に立つ仕事がしたいんだ。秋山さんがやってる仕事って、人助けだろう？　それを手伝いたいんだよ」

「ちょ、ちょっと待てよ。お前はいいように誤解してるぜ？」

慶太が慌てた様子で口を挟んでくる。

「してないよ。だって秋山さん、俺のこと助けてくれたじゃないか」

それは事実だ、と主張した俺の前で慶太は、やれやれ、というように溜め息をついた。

「結果として助けることになったが、俺は人助けをボランティアでしてるわけじゃない。報酬を貰ってしてるんだ。それにな、今回は『人助け』になったが、俺の本来の仕事はソッチじゃねえんだよ」

「え？　便利屋じゃないの？」

意味がわからない、と問い返した俺に対し、慶太は困ったなという顔になったあと、更に意味のわからない言葉を告げ、俺の首を傾げさせた。

「ああ、お前のケースに限っては事前処理となったが、たいてい俺は事後処理を担当するんだ。それが『人助け』か否かは……まあ、受け取る側の印象に左右されると思うが」

慶太はそう言うと、それ以上の追及は避けたいといわんばかりに、俺を説得しにかかった。

「お前にとって最もいい選択は、家に戻ってまた大学に通い始めることなんじゃないかと思うぜ。誰もお前を邪険になんかしてなかっただろう？　家族全員がお前と共に暮らすことを望み、お前が父親の跡を継ぐことを望んでいる。遠慮からその望みを退けるなんてするべきじゃないと……」

「別に遠慮じゃないんだ。俺には親父の跡を継ぐことはできないと思うし、それに、それよりやりたいことを見つけてしまったんだ」

「その『やりたいこと』が俺のところで働くことか？」

慶太が困ったな、という顔で問いかけてくる。

「うん」

頷いた俺の前で慶太は、ますます困ったな、という顔になったが、かまわず俺は彼の前で深く頭を下げた。

「お願いだよ。ちゃんと親父の許可も取ってきた。親父も秋山さんならってオッケーしてくれたよ」

「親父さんが？」

慶太が仰天した声を上げたあとに、やれやれ、というように溜め息をつく。

「ともかく、座れよ」

立ったままでは話もできない、と慶太は俺に来客用のソファを示すと、何か飲むかと尋ねてきた。

「あ、俺やる」

冷蔵庫の場所はこの間来たときに把握していたし、室内を見回すとコーヒーメーカーも見つけた。ここで働きたいとアピールするため、俺は逆に慶太に、

「コーヒーにする？　それともミネラルウオーター？」

と問いかけたのだが、そんな俺を見て慶太は、また、やれやれ、と溜め息をついた。

「……本当にここで働きたいのか？」

俺の問いには答えず、逆に問い返してきた慶太に、勿論、と俺は大きく頷く。すると慶太ははあ

っと溜め息をついたあとに、俺を見やり、一言、

「コーヒー。ブラックで」

と告げ、自分はソファへとどっかりと座った。

「わかった！」

もしかして、了承してくれるのかもしれない。そんな希望が芽生えてきて、俺は急いでコーヒーメーカーへと向かうと備え付けてあったプラスチックのカップにコーヒーを注ぎ、それを手に慶太のもとへと向かった。

「はい」

「サンクス」

慶太が俺からコーヒーを受け取り、お前は？　というように俺を見る。

「俺、水貰ってもいいかな」

「ああ」

お子様と呆れられるかもしれないが、俺はあまりコーヒーが好きじゃない。どっちかというと紅茶派なのだが、さっきまでの緊張で喉がからからに渇《かわ》いていたため、今は水のほうが欲しかった。

慶太の許可を得たので冷蔵庫へと走り、ミネラルウオーターのペットボトルを手に戻ってくると、慶太の正面のソファに座り彼を見つめた。

「親父さん、本当にいいと言ったのか？」

無理矢理言わせたのではないか、と暗に言いたそうな慶太に、多分にその傾向はあったけれど、と内心首を竦めつつも俺は、

「うん」

と頷く。

親父との確執からじゃなく、やはり自分は家を出たほうがいいと思う、と言うと、親父は最初、真っ向から反対してきた。

でも、俺が親父の跡を継ぐよりやりたいことができた、と言ったら、最後は納得して送り出してくれたのだ。

『いつでも帰ってこい』

そう言ってもらえて嬉しかった、と慶太に告げると、慶太は、

「そうか」

と相槌を打ち、コーヒーを啜った。

「押しかけだから、給料とかいらないよ」

事務所の内装を見た感じ、失礼ながらあまり流行っているようには見えなかった。金銭面で断られるかも、と先回りした俺の前で慶太がくすりと笑う。

「金、貰わなきゃ生活できないだろう」

だから払う、と言いかけた彼に俺は、もう一つの『お願い』を言うのは今だ、と勢い込んで口を

開いた。

「うん、だから、ここに住まわせてもらえないかと思って」

「なに⁉」

予想どおり、といおうか、慶太は俺の二つ目のお願いにも仰天した声を上げた。

「俺、あまり上手じゃないけど料理もできるしさ、洗濯や掃除だってちゃんとやれるよ。見たところ秋山さん、一人暮らしみたいだし、どうかな？　寝るのも俺、このソファでいいし」

そこまで一気に畳みかけたあと、唖然としている顔の彼の前で俺は、

「お願いします！」

と頭を下げた。沈黙が数秒流れる。

やっぱり無理なお願いだったかな、とちら、と顔を上げて慶太を見ると、慶太は、俺の視線を捕らえ、苦笑してみせた。

「ここがお前の『居場所』ってわけか」

「…………」

慶太の告げた言葉に俺は、覚えていてくれたのかと驚いたあまり、返事をするのを忘れてまじまじと彼を見やってしまった。

自分の居場所が欲しかった、と彼の前で泣いた。それを覚えていてくれたのが嬉しい、と思ったときには目の奥に涙が溜まってきてしまっていた。

頷くときっと、涙が零れてしまう。人前で泣くのは恥ずかしい――って、さんざん慶太の前では泣いてしまってはいたけれど――と、俺は唇を噛み涙を堪えながらじっと慶太を見つめた。

慶太もまたじっと俺を見つめ返してくれたあとに、肩を竦めてみせる。

「わかった。仕事についてはは要相談だが、ここで暮らすことはオッケーだ」

「え？　ほんと？」

逆はあり得てもそれはないだろう、という慶太の言葉に、驚いたあまり大声を上げた俺の目から、ぽろりと涙が零れ落ちた。

「わ」

照れて目を擦った俺に向かい、慶太が右手を伸ばしてくる。

「抱いちまった責任は取るよ。ここで暮らすといい」

「責任って……」

握手、とばかりに差し出された彼の手を、俺は握ることができなかった。

「別に俺、責任取ってもらいたいわけじゃないし……」

そんなふうに取られたんだろうか、と思うと、今までの嬉しさが一転し、切ない気持ちになってくる。

それに慶太が俺を抱いてくれたのは、彼が抱きたいと思ったからじゃなく、泣き喚く俺を落ち着かせようとしただけのことだ。その辺はちゃんとわかってるんだけど、と言葉を続けようとした俺の前で慶太が立ち上がったかと思うと、テーブルを回り込んで俺の隣へと移動してきた。

どさり、と腰掛けた彼との距離の近さに、俺が横にずれようとする。そんな俺の肩を慶太は抱いたかと思うと、

「馬鹿」

と顔を覗き込み、笑ってみせた。

「……っ」

またも強烈なフェロモンを感じ、くらりときそうになる。男くさいその笑みに見惚れていた俺は、『馬鹿』なんて失礼な言葉をかけられたことに一瞬気づくのが遅れた。

「馬鹿？」

ようやく気づき、問いかけた俺に向かい、慶太がまたも魅惑的すぎる笑みを浮かべてみせる。

「『責任取る』は照れ隠しだ。それに前にも言ったが、お前を抱いたのは俺の『仕事』には入ってないぜ？」

「……え？」

近く顔を寄せながら囁かれた言葉は、俺の期待どおりだと思っていいいんだろうか、と焦点が合わないほどに近づいた彼の黒い瞳を見返す俺に、慶太は嬉しすぎる言葉を告げ俺を驚喜させた。

「言っただろ？　お前が好きだって。だから抱いたんだ」

「……ほんとに？」

信じられない――というのは別に、慶太が信用できないという意味ではなかった。彼が俺を『好き』で、それゆえ抱いてくれたのだ、なんて、そんな嬉しすぎることがあっていいのか、という思いから、つい確認を取ってしまった俺の目に、むっとした表情となった慶太の顔が映る。

「本当だって。これでもこっちはヒヤヒヤしてたんだぜ？　訴えられたらどうしようかってな」

「訴える？　なんで？」

素でわからず問い返すと、慶太はまた少し困ったように笑い、俺にとっては意外としかいいようのないことを言いだした。

「弱っているところをつけこまれて、無理矢理抱かれたってさ」

「そんなこと、あるわけないじゃん！」

思わず大声を上げた俺に、今度は慶太が問いかけてくる。

「ホントに？」

「本当じゃなかったら、一緒に住みたいなんて言わないよ」

答えてから俺は慶太が、からかっているのだと気づいた。さっきの俺の『ホントに？』の仕返しなのだろう、と彼を睨む。

「だってお前、このソファで寝るって言ったじゃないか」

だが慶太はどうやら俺をからかったわけじゃなく、本気で問いかけていたらしい。そうとわかる言葉を聞いた俺は、そうだ、今度は俺が仕返ししてやれ、と思いついた。

「それは『照れ隠し』だよ」

「……お前な」

さっき慶太に言われたとおりの言葉を告げてやる。と、慶太はすぐに気づいて俺をじろり、と睨んできた。

本気で怒ってないことがわかるからか、そんな目つきもまた素敵だ、と思いながら俺は慶太の胸に飛び込んでいく。

「一つのベッドに寝たいに決まってるじゃん」

「まあ、ここでも寝られないわけじゃないからな」

慶太の笑いを含んだ声が上から響いてきたと思ったときには、俺はソファに押し倒されていた。

「え？」

何、と問おうとした唇を慶太の唇が塞ぐ。

「……っ」

うそ、と彼の胸を押しやったのは、慶太が俺の着ていたシャツを捲り上げ、裸の胸に掌を這わせてきたからだった。

こんな昼日中、しかも事務所のソファで、いきなり何をしようとしているんだ、とぎょっとした俺は、正常な神経の持ち主だと思う。

「なんだ？」

一方、さも不満そうにキスを中断し俺を見下ろしてきた慶太はもしや、一般常識に著しく欠けるところがあるのではないかと思われた。

「な、なにする気？」

押し倒された時点で『なに』をする気かはわかっていたが、それでも敢えて聞いた俺に慶太が答えた言葉は——。

「セックス」

あまりにも『まんま』であることに唖然としていた俺の唇をまた、慶太が塞ごうとする。

「だ、誰か来るかもしれないしっ」

必死で顔を背けたのは、事務所には鍵がかかってないことを知っていたからだった。

「誰も来ねえよ」

「でも……っ……今、営業時間中だしっ」

慶太が俺の顎を捕らえ、唇を寄せてきたのに、尚も反撃する。

「大丈夫。流行ってねえんだ」

それでも慶太は、それは事務所経営者としてどうなんだ、と思える言葉を告げ、強引に唇を塞いできた。

「ん……っ」

貪るような激しいくちづけに、俺の理性はあっという間に飛んでいき、きつく舌を絡めてくる慶太の背を抱き寄せてしまっていた。

唇を合わせたまま慶太が、よし、というように微笑むと、再び俺の胸を弄《まさぐ》り始める。

「……ん……っ……ん……っ……」

数回撫でられただけで勃ち上がった乳首を抓られ、びく、と身体が震えた。その身体を体重で押さえ込みながら慶太が、しつこく乳首を弄り続ける。

「やっ……」

堪らず声を漏らしたときには、慶太の唇は外れていた。ソファの上で身体を起こし、もどかしげに俺から服を剥ぎ取っていく。

「やだ……っ」

一人全裸に剥かれた俺の雄は既に勃ちかかっていた。慶太に抓られた乳首が紅く染まっているのも恥ずかしい、と身体を捩《よじ》った俺の胸に、慶太が顔を埋めてくる。

「やっ……あっ……あぁっ……」

さっきまで、こんな真っ昼間に、とか、誰か入ってくるかもしれないのに、とか、真っ当なことを考えていた俺はもう、どこにも存在しなかった。

慶太の舌が、指が乳首を弄り回す、その快感に溺れ、誰が入ってこようがかまわないとまで思えてきてしまう。

「あっ……やっ……」

ちゅう、と音を立てて胸を吸われたあと、勃ち上がった乳首をコリッと音がするほど酷く噛まれる。強すぎる刺激に俺の背は大きく仰《の》け反《ぞ》り、閉じた瞼の裏に閃光が走った。

「あっ……」

と、また慶太がすっと身体を起こしたかと思うと、俺の両脚を抱え上げ、早くもひくついていた後孔を露わにしたかと思うと、両手で双丘を割り、広げたそこにむしゃぶりつくような勢いで顔を埋めてきた。

「やぁっ……」

ざらりとした舌で内壁を舐られ、えもいわれぬ感触に俺はまた大きく背を仰け反らせていた。すっかり勃ち上がった雄が己の腹に擦れ、先走りの液を零している。

舌と共に指が挿入されたのに、俺の後ろは激しく蠢き、自然と腰が捩れてしまう。たまらない気持ちがどんどん膨らんでいき、俺は両手を伸ばし慶太の髪を掴んでいた。

「ん？」

顔を上げた慶太が、にこ、と笑いかけてくる。己の魅力を知り尽くしているとしか思えないその笑みにくらくらきてしまいながらも俺は、指や舌じゃなく、もっと欲しいものがあると彼に訴えかけた。

「挿《い》れてよ……っ」

早く、と腰を突き出し、どれだけ切羽詰まっているかを伝えようとする。

「わかった」

慶太はすぐに察してくれ、身体を起こすと自身のスラックスのファスナーを下ろし、あの素晴らしい雄を――黒光りしている逞しい彼の雄を取り出した。

再び俺の両脚を抱え上げ、ひくひくと激しく蠢いているところにずぶりと先端を捻じ込んでくる。

「あぁっ」

待ち侘《わ》びたその感覚に、俺の口から歓喜の声が漏れ、自ら食いついていくかのようにまた腰を突き出してしまった。

「焦るな」

慶太は苦笑したものの、焦らすことなくそのまま一気に俺を貫き、息が止まりそうになっていた俺の両脚を抱え直すと、激しく腰を打ち付けてきた。

「あっ……あぁっ……あっ……あっ……あっ……」

物凄いスピード、かつ力強さで、慶太は俺を突き上げていた。太い彼の雄が俺の奥底を抉り、あっという間に俺を快楽の絶頂へと追い立てていく。

「いいっ……いいよぅ……っ……すごく……っ……すっごく……っ……いい……っ」

もともと語彙《ごい》はそうあるほうじゃないのだが、喘ぐヴァリエーションは自分でもどうなのかというほど少ない気がする――なんてことを反省する余裕は勿論なかった。

堪らなくいいい、ということを、ワンパターンな言葉で繰り返す俺の頭の上で、慶太がくすりと笑う声がしたと思ったと同時に、俺の片脚を離した彼の手が先走りの液に塗れべたべたになっていた雄を握り込み、一気に扱き上げてくれた。

「アーッ」

昂まりに昂まりきっていたところに与えられた直接的な刺激には耐えられるわけもなく、すぐに俺は達し、白濁した液を慶太の手の中に飛ばしていた。

「くっ」

射精を受け、激しく収縮する俺の後ろにきつく締め上げられたせいか、慶太も達したようで、低く声を漏らすと、俺の上で伸び上がるような姿勢になった。

ずしりとした精液の重さを後ろに感じる俺の胸に、これでもかというほどの充足感が溢れてくる。

「……秋山……さん……?」

息を乱しながらも名を呼ぶと、慶太はゆっくりと俺に唇を寄せながら、掠れたセクシーな声音でこう囁いた。

「慶太でいい」

「……慶太……」

呼びかけてから、『さん』はつけるべきだったかな、と言い直そうとした俺の唇を、慶太の唇が塞ぐ。

呼吸を妨げないような細かいキスを与えてきながら慶太は、ふと、思いついたように俺に問うてきた。

「俺はなんて呼べばいい？　君雄か？」

「……名前、覚えててくれたんだ」

ちょっと驚いた、と目を見開いた俺を見て、慶太が何を言ってるんだか、というように笑う。

「当たり前だろう」

そう言ったあとに慶太は少し考える素振りをし、そうだ、と何か思いついた顔になった。

「ミオ」

「え？」

ミオってなんだ、とまたも目を見開いた俺に、慶太がニッと笑いかけてくる。

「お前の呼び名だ」

「俺の？」

なんで、と問おうとして、『きみお』の下二文字か、と気づいた。

「ミオ……」

なんだか猫の鳴き声みたいだ、と、その名を繰り返した俺を見下ろし、慶太が満足そうに微笑む。

「お前にぴったりだぜ」

「そうかな？」

自分ではよくわからない、と首を傾げた俺の頭に、あの二丁目のゲイバーの店主、ミトモに言わ

れた言葉が蘇った。

『ぱっと見たときから、ヤバいなと思ってたのよ。慶太はあんたみたいな猫系男子に弱いからさあ』

猫系男子、という意味がわからなかったけれど、どうやら彼の言葉は正解だったらしい。

「ミーオ」

まさに猫の鳴き声のようにして俺に呼びかけてきたのがその証拠だと思いながら俺は、慶太の背を両手両脚でしっかりと抱き締め、喉を鳴らす勢いで甘えていったのだった。


慶太の事務所――『秋山事務所』というシンプルな名だった――での俺の初仕事は、さんざん俺が汗やら他の汁やらを染み込ませたソファを固く絞った雑巾で拭うことだった。

こんなことならドア一枚隔てたところが住居スペースなのだから、ソファなんかじゃなくベッドで抱き合えばよかった、と軽く後悔しつつもソファを拭き終えた俺は、次に何をすればいいかと慶太に尋ねたが、彼のリアクションは鈍く、これ、と指示を出してくれない。

「ここはいいから、向こうでベッドメイキングでもしててくれないか?」

どうやら彼は俺に仕事の手伝いはさせたくないと思っているようで、すぐ俺を事務所から生活スペースのほうへと追いやろうとする。

俺に知られたくない彼の『仕事』ってなんだろう——それが気にならないといえば嘘になる。

だがひとまずは、慶太が俺を受け入れ共に暮らすと言ってくれたことで満足しよう、と思いながら俺は、未だに謎に包まれている彼を——フェロモンだだ漏れの男くさい魅力に溢れているだけじゃなく、俺をまるごと受け止めてくれたキャパの広さと深い愛情を併せ持つ彼を、好きだという思いを込め熱く見つめたのだった。

teardrop

「あら、いらっしゃい」

カウベルの音を響かせ開いたドアからまず慶太《けいた》が店に入ると、店主のミトモが満面に笑みを浮かべ彼を出迎えた。

「あら、なによ」

だが慶太の後ろから、ひょい、と俺が顔を出すと、彼の眉間には一気に縦皺が寄り、口調もやたらと刺々《とげとげ》しくなった。

「なんであんたが一緒に来んのよ」

「来ちゃいけないのかよ」

いっちゃなんだがコッチは客だ。なのにその態度はないだろう、とむっとして言い返す。途端に俺以上にむっとした顔になったミトモも何か言い返してくるかな、と身構えたのだが、彼は俺をマル無視することに決めたらしく、

「いらっしゃい。なんにする?」

わざとらしいくらいに、にこやかに慶太に問いかけ、彼が座ったスツールの前にだけコースターを置いた。

「ミトモ、いい加減にしろや」

隣に座った俺には目もくれないミトモに対し、慶太が注意を施してくれる。

「……いらっしゃーい」

途端にミトモの顔からは笑顔が消え、ぞんざいな手つきで俺の前にもコースターを置いたあとに、口をへの字にしながら慶太に尋ねた。

「ボトルでいいの？」

「そんな顔、すんなや。せっかくの美人が台無しだぜ？」

慶太がニッと笑いミトモを見つめる。こんなところで無駄にフェロモンを垂れ流さなくていいのに、と内心口を尖《とが》らせていた俺の前では、ミトモがそれまでの不機嫌さはどこへやら、うっとりした顔になってシナを作り、慶太に話しかけている。

「お世辞はいいわよ。ボトルでいいの？」

「ああ、頼む」

慶太がまたフェロモンだだ漏れの笑顔を向ける。ちょっと安売りしすぎじゃねえの、と、じろりと彼を睨むと、今度は俺に向かって慶太が、

「ん？」

と更なるフェロモンを放ってきた。

「慶太はロックよね。そっちのボーヤは？　水割り？　それともロック？」

俺がさっきむっとしたのと同様、ミトモもまた慶太のフェロモン安売りにはむっとしたようで、一気に不機嫌な声音になると俺に問いかけてきた。

「俺もロック」

実はそんなに、俺は酒に強くない。薄めの水割りがちょうどいいのだが、『ボーヤ』という呼びかけについ、反発してしまったのだった。

ガキ扱いしやがって、とミトモを睨むと、ミトモはぷいとそっぽを向き、またもぞんざいな手つきで慶太と俺の前に置いたグラスに氷を入れ、そしてウイスキーを注ぐ。

「はい、お待ちどう」

ミトモが、少しも心のこもっていない接客態度でそう告げ、きゅっとボトルの蓋を閉めたそのとき、慶太のセクシーな声が響いた。

「ミトモ、お前も飲めよ」

「え？　いいの？」

途端にまたミトモが華やいだ声を出し、嬉しげに自分用のグラスを用意すると、まずは氷、そしてウイスキーを注ぐ。

「乾杯しましょ」

うきうきとミトモがグラスを手に慶太を見、続いてちらと俺を見る。

「………」

やたらと挑戦的な目つきをしているのは、以前『乾杯したらイッキよ〜』と言ったことを、覚えてるでしょうねえ、と言いたいがためと思われた。

覚えてるさと、俺はミトモを睨みつけると、

「乾杯！」

と大きな声を上げ、グラスを高く掲げると誰に何を言われる前から一気にグラスを飲み干した。

「……っ」

原液が喉を下るとき、熱い、と思ったが、我慢して全部飲み込んだ。

「おい、大丈夫か？」

慶太がぎょっとしたように俺の顔を覗き込んでくる。この間俺が缶ビール二缶で酔い潰れたのを覚えてくれていたらしい。

「大丈夫。だって、乾杯っていったらイッキだっていうからさ」

本当はあまり『大丈夫』という状態ではなく、鼓動は高鳴り頭もガンガン痛んできつつあったが、それをミトモに悟られるのは悔しいという思いだけで俺は、どんなもんだい、と胸を張ってやった。

「ばっかじゃないの」

ミトモはさも俺を軽蔑しているような態度を取っていたが、根が負けず嫌いなんだろう、彼もまたグラスの酒を一気に呷《あお》った。

「おいおい、人のボトルだと思って、がんがん飲むなよ」

慶太が非難の声を上げたのに、ミトモがきい、と噛みついた。

「ちょっと、慶太！　なんでアタシには『大丈夫』って聞かないのよ」

「お前はウワバミだろうが」

呆れてみせる慶太の前で、ミトモがまた、きい、と喚く。

「だいたい何よ。その子の『仕事』は片付いたんじゃなかったの？」

「え？」

相変わらず頭は痛かったが、ミトモの言葉は聞き捨てならない、と俺が身を乗り出したのは、慶太の『仕事』とは一体なんなんだと彼に聞きたかったためだった。

便利屋とも探偵とも、そのときどきによって違うことを言う彼が実際何をやっているのか、同居して一週間が経った今でも俺は慶太から聞き出せていない。

なぜ隠すのだと問うても、お前のためだと返されるだけで、慶太は絶対に自分の仕事を打ち明けようとしないのだ。

それればかりか、俺を事務所の外に追いやろうとして、コンビニのバイトを続けたらどうだ、なんてことも言ってくる。

そうも隠したい彼の『仕事』とはなんなのか、俺は知りたくて堪らなかった。

俺には憎らしいことばかり言ってくるミトモに聞くのはなんだか悔しいが、背に腹は代えられない。

それで俺はミトモに問いかけようとしたのだが、横から慶太がミトモに告げた、その言葉に興奮しまくる彼には質問するどころではなくなってしまった。

「今、一緒に暮らしてるんだ」

「なんですってえ？」

店内にミトモの絶叫が響き渡る。他に客がいなかったからいいものの、もしいたとしたら何事かと皆が仰天していただろう。

そのくらいの大声を上げたミトモが、まず慶太に、そして俺に詰め寄り、ぎゃんぎゃんと喚き立てた。

「なんで一緒に暮らしてんのよ？　いつから？　慶太、あんたクライアントに手を出したことなんかなかったじゃない。それにあんたも！　実家に帰ったんじゃなかったの？」

「落ち着けや、ミトモ」

あまりの迫力にタジタジとなっていた俺の横で、慶太がミトモを宥《なだ》めにかかる。

「落ち着いてなんていられないわよう！　何よ、同居って！　どういうこと？」

だがミトモは落ち着くどころかますますヒートアップし、慶太に食ってかかった。

「どういうこともこういうこともねえよ。先週から一緒に暮らしてる、それだけだ。一応お前には知らせておこうと思ってな」

ご近所さんだし、と続けた慶太にミトモは、

「そんなけったくそ悪いこと、教えてくれなくてもいいわよ」

とぶーたれたあと、じろ、と俺を睨んで寄越した。

「なんだよ」

さっきのイッキが未だに俺の鼓動を速め、なんだか目の前がくらくらしつつもあったが、売られた喧嘩は買わねば、とミトモを睨み返す。

「あんた、慶太の仕事も手伝う気？」

「え？」

期せずしてミトモの口からまた慶太の『仕事』についての話題が振られたのに、ますます目眩《めまい》が酷くなってはいたが、俺は思わず乗っていた。

「ねえ、慶太の仕事ってなに？　探偵？　便利屋？　それともどっちでもないの？」

「え？」

今度はミトモが俺の剣幕にあっけに取られる番だった。タジタジとなっている様子の彼に俺は尚も身を乗り出し、訴え続ける。

「教えてよ。慶太は適当に誤魔化してばかりいるんだ。俺だって慶太の役に立ちたいのに……」

「ちょっとあんた、なに、その『慶太』って」

と、それまで唖然としていたはずのミトモが、いきなり俺の言葉を遮った。

「え？」

いかにも怒ってます、という様子の彼に、何が彼の逆鱗に触れたかわからず問い返すと、ミトモはそこか、と思うような指摘をし、俺を唖然とさせたのだった。

「なんだってあんた、慶太を呼び捨てにしてんのよ⁉」

「え？　駄目なの？」

何を怒られているのかわからず問い返した俺に、ミトモが激昂した声を上げる。

「駄目に決まってるでしょう！　あんた、慶太といくつ離れてると思ってるのよ。馴れ馴れしいっ」

「だって慶太が呼べって言ったんだぜ？」

だから呼んでいるんだ、と、俺としてはそれ以外答えようがない言葉を返したというのに、それを聞いてミトモはますますきい、となった。

「なに、それ、惚気《のろけ》る気？」

「え？　惚気？」

どこが、と問い返した俺をミトモが殺人鬼——は言いすぎか——のような恐ろしい顔で睨みつけた、その間にまた慶太が割り込んできた。

「まあまあ、なんて呼ぼうがいいじゃねえか」

「よくないわよう」

ミトモは慶太にも言い返したものの、俺に対してより十分の一くらいにトーンダウンしている。

まったく、ずるいやと思いながら俺は、ミトモがいつの間にか注いでいたグラスに口をつけた。

「げっ」

またも原液が入っていたため、ついそんな情けない声を上げてしまった俺を、ミトモがさも馬鹿にしたように見やる。

「ああら、ごめんなさいね。お子様にはジュースか何かのほうがよかったかしらあ？」

嫌み全開のその口調に、普段ならそこまでカチンとこなかっただろう。バイトしていたコンビニにはクレーマーみたいな客が来ることもあり、俺の忍耐力もそれなりに育まれていたからだ。

だが、今、俺はそのとき培った忍耐力を忘れ、ミトモに対しやたらとむっとしてしまっていた。それはいちいちつっかかってくる彼にイラっときていたせいもあるが、一番の理由はやっぱり、酔っぱらっていたからだと思う。

「誰が子供だよっ」

その酔いが俺に、やはり普段だったら躊躇《ためら》うであろう行動を取らせた。売られた喧嘩は買ってやるぜ、とばかりにグラスの酒を一気に飲み干したのだ。

「お、おい？」

慶太が驚いた声を上げたのと、

「ちょっと、あんた？」

からかっていたはずのミトモがぎょっとした声を出したのが、やたらと遠くに聞こえる。

「ミオ？」

慶太が俺の顔を覗き込んできた――ような気がしたが、そのときには俺はもう、ゴツン、と物凄い音を立てながらカウンターに突っ伏していた。

「ミオ？　おい、大丈夫か？　ミトモ、おい、水！」

やたらと焦っている様子の慶太に肩を揺さぶられているのはわかったが、顔を上げて答えることはできず、そのまま俺は気を失ってしまったようだった。


空白の時間がどのくらいあったのかはわからない。気づいたときには俺は、ボックス席に一人寝かされていた。

今、何時だかわからないが、店内にいるのは慶太とミトモのみで、カウンターを挟みぼそぼそと話をしている。

水が欲しいな、と思い起き上がりかけたが、ミトモの口から俺の名が出たため、悪いと思いつつも俺は暫く寝たふりを続けることにした。

「何よ、慶太、あんたあの君雄《きみお》って子と一緒に住むっていうのに、あんたのやってる『仕事』のことは内緒にしておきたいって？　それ、無理あるんじゃないの？」

「無理はわかってるさ。さっきは話を逸らしてくれて、ありがとな」

慶太が苦笑しそう告げたのに、

「別に意図的に逸らしたわけじゃないけどね」

とミトモが笑う。チン、とグラスを合わせる音がしたところをみると、二人は乾杯してるんだろう。そのあとイッキもしてるのかな、とくだらないことを考えていた俺の耳に、しみじみとしたミトモの声が響いてきた。

「しかし、あんたがあの子を同居させるとは思わなかったわよ。しかも『仕事』を隠してさ。よっぽど気に入ったの？」

「気に入ったっていうか……そうだな」

慶太が苦笑したあとに、からん、と氷の音が響く。なんて答えるのかな、と俺はやたらとどぎまぎしてきてしまった胸をそっと押さえ、慶太の言葉に耳を傾けた。

「気に入らなきゃ、同居はしないでしょう。長い付き合いだけど、あんたが誰かと一緒に暮らしたことなんか、今までなかったじゃない？」

知り合う前は知らないけどさあ、と言うミトモに慶太が、

「まあな」

と、また苦笑する。

「一体どういう心境の変化よ。それにあの子、けっこういい家の子なんでしょ？　大丈夫なの？」

ミトモはどうやら慶太が俺の親父に訴えられたりしないかと心配しているようだ。大丈夫だよ、ちゃんと話はつけてきたんだから、と心の中で突っ込みながら、俺は慶太の答えを聞き漏らすまいと、全神経を集中させ彼が口を開くのを待った。

「誘拐で訴えられたりしてな」

だが慶太はミトモにそんな冗談を言い、話を終わらせようとしている。ミトモもそれを感じたのか、

「あのねえ」

と少しむっとした声になり言葉を続けた。

「心配無用って言いたいんだろうけどさ、ちょっとはあたしの気持ちも考えなさいよね」

「考えてるよ。ミトモちゃん。心配してくれてありがとな」

ミトモは真剣なのに、対する慶太はまだふざけている。それじゃミトモが怒るだろう、という俺の予想は綺麗に外れた。

「ほんとにあんたは冷たいわねえ」

ミトモは怒るどころか、慶太を前に酷く落ち込んでみせたのだ。

「悪い。干渉するなって意味じゃない」

慶太も驚いたのか、慌ててフォローに走っている。だが彼のフォローを受けてもミトモの落ち込みは深く、なかなか這い上がれないようだった。

「……ならなんなのよ」

相変わらず低い声で問うてきたミトモに慶太は、

「うーん」

と暫し考えたあと、ようやく口を開いた。

「上手く言えないんだ。俺自身、戸惑っている部分もある」

「戸惑うって何に？　同居に？」

ミトモが問かけるのを俺はごくりと唾を呑みたくなるのを堪え、じっと聞き耳を立てていた。

慶太は俺が押しかけたとき、ごくごくあっさりと同居を了承してくれた。にもかかわらず彼には戸惑いがあったという。

もしかして、俺の申し出が迷惑だったのかも、とドキドキしていた俺の耳に、どう答えようかと迷っていたらしい慶太の声が響いてきた。

「なんていうか……一人にはしておけないと思ったんだよ」

それってもしかして同情――？

そうとしか思えない慶太の言葉に、俺の胸がずきりと痛んだ。

そうか、同情だったのか、と溜め息をつきそうになっていたときに、

「いや、違うな」

という慶太の声が聞こえた。

「積極的に俺が傍にいてやりたいと思った。あいつはなんつーか、本当に優しい子でさ」

「なにそれ」

ミトモのやたらと醒めた声が響く中、慶太が、ぽつり、ぽつりと言葉を続ける。

「なんでも自分が悪いと思い込んじまう。それがなんともいえずに切なくてよ、そんなこと思わずにいられるようなところにあいつの居場所を作ってやりたいと……俺が傍にいてやりたいと思っちまった。ほぼ、お節介的にな」

「なによそれ。妬《や》けるじゃない？」

ミトモが呆れた口調になったあと、また暫しの沈黙が訪れた。カランカランと氷を入れる音と酒を注ぐトクトクという音が響いてきたのだが、その沈黙を嗚咽で破ってしまいそうになるのを俺は必死になって堪えていた。

慶太の気持ちが嬉しかった。自分でも同居を押しきったという自覚があったから、慶太がそんなふうに俺のことを考えてくれていたのが本当に嬉しかった。

お節介なんかじゃないよ、と言いたいが、ここまでくるともう、寝たふりをしていたこと自体が申し訳なくて、込み上げてくる涙を呑み込み心の中で慶太に『ありがとう』と礼を言った。

「あたしの目には、世間知らずの図々しい子供《ガキ》としか見えてないけど、あんたの目には、可愛くて仕方ないっていうように見えてるってわけね」

やれやれ、というようにミトモが溜め息をつき、慶太に尋ねる。

「惚れたの？」

「まあな」

間髪を入れずに慶太が答える。『まあな』というのはイエスなのかノーなのか、そこは非常に気になったが、ミトモのリアクションはまさに『イエス』を意味するとしかいえないものだった。

「そんな慶太、見たくなかったわよ」

あーあ、とやけっぱちのように溜め息をついたあと、彼が酒を一気に飲み干す気配が伝わってくる。

「悪いな」

慶太は実にさらりとミトモの言葉を流した。

「あんた、本当に性格悪いわね」

ミトモのあからさまにむっとした声がする。

「そうか?」

「そうよ。アタシがあんたのこと本気で好きだって知ってるのに、よくもそんなに惚気ることができるわよねえ」

ミトモの媚びを含んだ口調を、またも軽く慶太が流す。

「お前の『本気』は俺にないだろ?」

「本当にあったら、どれだけあたしが傷つくと思ってんのよ」

ミトモがまたあからさまにむっとした声を上げ、慶太が、あはは、と高く笑う。

二人のやり取りを聞いた限りでは、ミトモは慶太に『本気』で惚れてはいないようだった。もし本気だったとしたら、慶太の態度も変わっていたことだろう。

「本当にあんた、性格悪いわよね」

ぶつぶつ言いながらもミトモは、やはり慶太を多少は好きなようで、何かと彼に絡んできた。

「そこがいいんだろ？」

慶太がまたも、さらり、とかわす。

「いいわけないでしょ」

ミトモもまた、さらりと流すと、

「それにしても、同居ねえ」

溜め息交じりにそう言い、言葉を続けた。

「思い切った割には、やっぱり仕事のことは話さないの？」

「ああ」

「一緒に暮らしてて隠しきれると、本当に思ってるの？」

無理じゃない？　と、ミトモが問う。

「まあな」

ミトモの口調はからかっているようではなく、どちらかというと心配しているようだった。対する慶太は、この話題を早く切り上げたいようで、言葉少なく相槌を打っている。

慶太は何がなんでも俺に『仕事』のことを明かさないつもりらしいが、そうまでして隠したい彼の『仕事』というのはなんなのだろう。

危機を救ってもらったことから俺は、慶太の仕事は『人の役に立つこと』なのだと思っていた。便利屋だとか探偵だとか、そのときどきによって言うことは違うし、俺を助けてくれたそのやり方も、ちょっと普通じゃなかったようには思うのだが、慶太がそんなにヤバい仕事をしているとは思えない。

って、彼のことは殆ど知らないに等しいんだけど、と内心溜め息をつきつつも俺は、ミトモがもうちょっと突っ込んだ話をしてくれないかな、と耳をそばだてていたのだが、話題は俺の期待しないほうへと——否、どちらかというと、これが聞きたかったのだ、というまさにそのことへと向かっていった。

「それでも一緒に暮らしたいなんてさ、やっぱりよっぽど惚れ込んだってことじゃないの？」

慶太が話に乗ってこないのがわかったからか、ミトモがまた彼をからかい始めたのだ。

彼はイエスと答えるのかノーと答えるのか——自分でいうのも悲しいが俺は慶太に『惚れ込んで』もらえるような自信はない。だからこそ、嘘でもいいのでここで慶太に『うん』と頷いてほしかったのだが、慶太の答えは——違った。

「なんていうか……放っておけなくてな」

苦笑しながらそう告げた彼の言葉を聞いた瞬間、俺の胸にはまた、ずきりという痛みが走った。

放っておけない——それってやっぱり単に、俺に同情したってだけじゃないかと思ったためだ。

「可哀想で？」

ミトモも同じことを感じたらしく、そう確認を取ってくる。きっと慶太は『うん』と言う。それを聞きたくない、と俺は、寝たふりをしていたことも忘れ耳を塞ぎそうになったのだが、一瞬早く聞こえてきた慶太の声にはっとし動きを止めた。

「別に同情じゃねえよ」

「じゃあ、何よ」

ミトモが不思議そうに問いかける。慶太は、「うーん」と少し考えるように黙り込んだあと、ぽつぽつと話を始めた。

「最初、依頼を受けたときには、世間知らずのお金持ちのお坊ちゃんが悪い男にひっかかっちまったんだろう、まったく親泣かせな……くらいに思ってたんだが、実際は全然違った。まあ、世間知らずは世間知らずだが、好きな男のために人殺そうとしてるのにはびっくりしたぜ」

「馬鹿よねえ」

ミトモが笑うのに、慶太もまた苦笑している。馬鹿で悪かったな、と心の中で毒づいていた俺の耳に、慶太の少し照れくさそうな声が響いてきた。

「こいつにとっては、いつも、自分より相手、なんだよな。自分が殺人の罪を一生背負うことになってても彼氏を助けてやりたい、自分が寂しい思いをしても家族は幸せであってほしい……知れば知るほど、なんつうのか……こいつを愛しいな、と思うようになっちまったんだよ」

「なによそれ」

途端にミトモが、ブーイングとしかいいようのない声を上げたが、俺はもう、再び込み上げてきた涙を堪えるのに必死になっていた。

『愛しい』――慶太は確かにそう言った。対象は俺に他ならない。そんな、嬉しすぎる言葉を聞くことができるとは思っていなかった、と俺が感激に涙ぐんでいることなど知る由もない慶太とミトモの会話が続く。

「まだ顔に惚れた、とかのほうがよかったわよ。あの子、あんた好みの猫系男子だし」

むっとするミトモに慶太が「猫系ってなんだよ」と苦笑する。

「名前も、何よ『ミオ』なんて呼んじゃって。猫みたいじゃないのさ」

「まあ、顔も勿論好みだけどな」

「あー、もうご馳走様だわよ。あんた、今晩ボトル空けていきなさいよ?」

「無茶言うなって」

「何が無茶よ。アタシに惚気るとどんだけ高くつくか、思い知れっつーのよ」

「だからってコップの縁まで注ぐ奴があるかっつーの」

「イッキよイッキ」

丁々発止のやりとりが続く中、俺は熱く滾《たぎ》る胸を抱え、必死で嗚咽の声を漏らすまいとしていた。

俺自身、慶太がどうして俺を受け入れてくれたのか、不思議だった。俺が傷ついてみせたから慌てて撤回しただけで、本当は『抱いてしまった責任』を取ろうとしてるんじゃないかと案じてもい

た。

だが彼は確かに今、俺を愛しいと言った。そればかりか、顔も好みだとも言ってくれた。

嬉し泣きという言葉は聞いたことがあったが、自分が嬉しくて泣いた経験はなかった気がする。

こんなに幸せな気持ちになるものだったのか、と一人嗚咽を呑み込んでいた俺の耳に、慶太の張りのある声が響いた。

「さて、そろそろ帰るわ。店も混みだす時間だろ？」

「お気遣い、ありがと……なんて、実際そんなこと思ってもないくせにさ」

ミトモが悪態をつく。が、彼の声にはやはり媚びが含まれている気がした。

二人の関係がどの程度のものか想像もつかないが、少なくともミトモは慶太に少しは気がある。

それは子供だってわかる――いや、さすがに子供はわからないか。

ともあれ、ちょっと妬けるな、と思っていた俺は、慶太が近づいてきた気配を察し、ううん、と伸びをした。

「ミオ、帰るぞ」

身体を揺さぶってくる慶太に「え？　もう？」と寝ぼけた声で答える。今までの話を起きて聞いていたというのがバレると照れくさいと思ったのだが、慶太にはどうやら気づかれずにすんだようだった。

「それじゃな、ミトモ」

俺の腰に手を回し、身体を支えてくれながら店を出ようとする。一応挨拶しておくか、と俺はミトモに「さよなら」と声をかけたのだが、ミトモは相変わらず俺への対応のみ厳しかった。

「慶太に世話かけんじゃないわよ」

「わかってるよ」

ついムキになって言い返してしまった俺に、ミトモが心底馬鹿にしているような視線を向けてくる。

「今現在、世話かけてるじゃないのさ」

「……っ」

確かに、酔っぱらいの身体を抱えて歩きだそうとしているこの状態は、慶太の『世話』になっていることに他ならない、と俺は慶太の腕から逃れようとしたが、途端に足元がよろけてしまった。

「危ない」

慶太が慌てた素振りで俺の身体を再び支えてくれる。

「無理すんなって」

「ばっかじゃないのぉ?」

優しく笑いかけてくれる慶太に反し、これ以上嫌な言い方はないだろうという口調でからかってくるミトモを俺はぎろりと睨んだ。

「なによ、その目は」

ミトモもまた負けずにぎろりと、綺麗にアイメイクを施した目で俺を睨んでくる。

「厚化粧」

子供の喧嘩か、と自分でも思いながら、俺はついミトモのメイクを揶揄してしまった。

「なんですってえ？」

年齢的には――って知らないけど――遙かに俺より『大人』なはずのミトモが、きっちりと俺の挑発に乗ってくる。

「二人とも、いい加減にしろや」

一触即発の二人の間に割って入ったのは慶太だった。

「ちょっと慶太、ほんとにこのガキと一緒に暮らすの？」

ミトモが憤懣《ふんまん》やる方なしといった口調で慶太に訴え、

「ほんとに決まってんじゃん」

と俺もまたむっとしていることを隠しもせずに彼に言い捨てる。

「ご近所さんなんだから、お互い仲良くしろや」

慶太は俺とミトモ、両方をそう諫《いさ》めると、

「いやよ！」

「やだよ」

と、ここだけは気が合って二人して首を横に振った俺にもミトモにもかまわず、俺の背を追い立てるようにして店を出たのだった。

「歩けるか?」

ミトモの店から慶太の事務所兼住居までは徒歩にして七分ほどかかる。路上に踏み出した途端よろけてしまったのを心配し、慶太が問いかけてきた。

「うん、大丈夫」

答えながら俺は、腰に腕を回してきた慶太の胸にもたれかかる。

『こいつを愛しいな、と思うようになっちまったんだよ』

慶太がミトモ相手に告げた言葉が俺の耳に蘇った。

俺も慶太を愛しく思っている——そう言いたいけれど、言おうものなら寝たふりをしていたのがバレてしまう。

それでも気持ちは伝えたくて俺は、慶太の背に回した手にぐっと力を込めた。

「ミオ」

慶太もまた俺を抱く手にぐっと力を込め、愛しげに名を呼んでくれる。またも嬉し涙が込み上げてきてしまい、俺は慌てて唇を噛んで零れ落ちそうになる涙を堪えた。

「好きだぜ」

だが慶太にそう言われては、どんなに唇をきつく噛もうが我慢できず、俺の目からはぼろぼろと大粒の涙が零れ落ちてしまっていた。

「どうした？　酔っぱらっちまったか？」

いきなり泣きだした俺を案じ、慶太が顔を覗き込んでくる。

「うん、酔っぱらった」

嬉しすぎた、というのは恥ずかしくて、俺はそう言うと、目を閉じ慶太にぎゅっと抱きついた。

「これじゃ歩けねえ」

苦笑しつつも慶太が俺の背を抱え、強引に足を進める。彼の向かう先が自宅であることがわかっているだけに俺もまた目を瞑《つむ》ったまま足を進めようとしたが、その場でいきなり抱き上げられ、驚いて目を見開いた。

「け、慶太？」

「このほうが早い」

ニッと笑った慶太は、俺を、いわゆる『お姫様抱っこ』してくれていた。ここは二丁目、路上にはゲイカップルが溢れていたが、いきなり公道でお姫様抱っこをする慶太とされている俺に皆の視線が一気に集まる。

「あ、歩けるよ」

照れくさくて俺は慶太に訴えかけたが、慶太は笑って相手にしなかった。そうして俺は彼に横抱きにされたまま、二丁目の仲通りを突っ切り、細い路地を通って、慶太の自宅まで辿り着いたのだった。

「大丈夫か？」

慶太は俺を真っ直ぐ寝室に運んだあと、心配そうに顔を見下ろしてきた。

「水、飲むか？」

「……水より……」

欲しいものがある、と両手を広げ慶太にしがみつこうとする。

「大丈夫なのか？」

俺の欲している『もの』は慶太には正しく伝わったようだ。が、大人の判断で問いかけてきた彼に俺は大きく頷くと、もどかしい気持ちのまま、縋り付いていった。

「ミオ」

慶太が俺の名を呼ぶ声が耳元で響く。

彼しか呼ばないその名を聞いた途端、胸に熱いものが込み上げてきて、堪らない気持ちになる。

「……好き……」

気持ちが声になり、零れ落ちたのに気づいたのは慶太のほうが先だった。

「俺も好きだぜ」

そう囁いてくれたかと思うと慶太は自分にしがみつく俺の腕を解かせ、唇を重ねてくる。

「ん……っ」

噛みつくようなキスに翻弄されているうちに、衣服は悉《ことごと》く剥ぎ取られていった。慶太は本当に何をやらせても器用だ、なんて感心している場合じゃないと俺も彼の服を脱がそうとしたが、慶太は、いいよ、というように笑うと身体を起こし、手早く己の服を脱ぎ捨てた。

「わ……」

全裸の彼は、体形的に完璧という比喩で使われることの多い希臘《ギリシャ》彫刻以上に素晴らしかった。しかも彼の雄が既に屹立していることが俺の興奮を煽り、恥ずかしいと思いつつもごくり、と喉を鳴らしてしまう。

「気分が悪くなったら言えよ？」

自身がそんな状態であるにもかかわらず、慶太は相変わらず俺を労《いたわ》る言葉をかけてくれたあと、やにわに最初から大きく開いて膝を立てていた俺の両脚を抱え上げ、後孔を露わにした。

「はやく……っ」

そのまま挿入するのは辛かろう、と指でそこを解してくれようとする彼に、羞恥に煽られながらも俺は腰を突き出し、一刻も早く彼の、その逞しい雄で突いてほしいのだという意思を表明しようとした。

言葉でも促したのがよかったのか、慶太はすぐに「わかった」と笑い、先走りの液を零すその先端を俺の後孔に擦りつけてきた。

「辛かったら言えよ?」

どこまでも俺の身体を案じてくれながら彼が、ずぶり、と太く逞しい雄を俺の中に捻じ込んでくる。

「……っ」

慶太のモノはぶっちゃけ、常人サイズじゃない。ぶっといそれが狭い中に挿ってきたとき、正直快感よりも苦痛を覚えた俺は息を呑んだ。

「……ミオ?」

慶太はそれだけで俺の状況を理解したらしく、慌てて腰を退こうとした。が、俺は大丈夫、と頷くと、自ら彼の腰に両脚を回し、ぐっと引き寄せてしまっていた。

「辛くないか?」

慶太の問に、首を横に振り、

「大丈夫か?」

という問いには、こくこくと首を縦に何度も振ってやる。

「無理すること、ないんだぜ」

それでも慶太は躊躇っていたが、俺が、早く、と回した両脚で彼の腰をぐっと抱き締めると、わかった、とばかりに頷き、背中に手を回して解かせた俺の両脚を改めて抱え直した。

「いくぜ」

そう声をかけたかと思うと彼は一気に腰を進めてきた。

「あぁっ」

いきなり奥底まで貫かれた俺の口から、堪えきれない声が漏れる。

ゆっくりと挿入を試みるよりも、一気にいったほうが負担をかけないだろうという慶太の判断は正しかった。その後すぐに始まった激しい突き上げに俺は、挿入されたときに感じた辛さを忘れ、ただただ高く喘いでしまっていた。

「あっ……いい……っ……すご……っ……すごく……っ……いいよう……っ」

亀頭が俺の内壁を擦り上げ、擦り下ろすことで生まれる摩擦熱が、次第に全身に広がってくる。どこまで届くんだ、という勢いで突き立てられる彼の雄の感触に、早くも俺は快楽の淵に追い落とされ、我を忘れてしまっていた。

「いくっ……あぁっ……いくっ……いく……っ……いくぅ……っ」

どこのAV女優かというほど――って、あまり観たことはないので実際はそう知らないのだが――淫らな言葉を高く叫んでいた俺の頭にはすっかり血が上り、意識が朦朧《もうろう》としてきてしまっていた。

気分が悪いということはなかったが、このままこの絶頂感が続くと多分、失神してしまう、と薄く目を開いた、俺の視線を慶太はしっかりと掴まえ、ニッと笑いかけてくる。

ああ、ずっと俺を見ていてくれたんだ——察したと同時にとてつもない嬉しさが込み上げていた
そのとき、慶太の手が俺の片脚を離し、勃ちきり先走りの液を零していた俺の雄をぎゅっと握り込んだ。

「あぁっ」

そのまま一気に扱き上げられたことで俺は達し、これでもかというほどの量、白濁した液を自身の腹に、胸に飛ばしてしまった。

「くっ」

慶太もまたほぼ同時に達したようで、低く声を漏らすと微笑みながらゆっくりと身体を落としてくる。

フェロモン全開のその笑顔に見惚れてしまいながらも、こうして二人、共に絶頂を迎えることができた悦びが俺の涙腺を刺激し、堪えきれない涙が一滴《ひとしずく》目尻を流れ落ちていった。

「ミオ……」

慶太がその涙に唇を寄せ、そっと啜《すす》る。

「……う……」

慶太には多分、この涙が『嬉し涙』であるとわかっているのだ、と察した途端、堪えることができなくなった。

「泣くなや、ミオ」

号泣といってもいいほどに泣きじゃくる俺の身体を慶太はしっかりと抱き締めてくれながら、俺の瞼に、頬に、顎に唇を押し当て、彼が胸に抱いているであろう愛しい気持ちを俺へと伝えようとしてくれたのだった。


「大丈夫か？」

涙が収まると慶太は俺に、ミネラルウオーターのペットボトルをキッチンから持ってきてくれた。

「ありがとう」

礼を言い、受け取ったそれのキャップを開けてごくごくと水を飲み干していた俺は、ふと慶太の視線を感じ、なに、と彼を見やった。

「いや……」

慶太が微笑み、首を横に振る。

「なに？」

気になるじゃないか、と問いかけた俺に慶太は、どうしようかなと迷った様子を見せたあと、ふいと俺から目を逸らし、ぼそりとこう呟いた。

「お前が幸せそうに見えたのが嬉しかったんだよ」

「………」

確かに今まで俺は、幸福の真っ直中にいた。だが慶太の言葉を聞いた瞬間、それ以上の幸福に包まれたことで、また俺の目の奥に涙が込み上げてきてしまう。

「……俺、ほんと、幸せ……」

それだけ言うのがやっとだった。飲みさしのペットボトルを握った手で零れ落ちる涙を拭う俺を、ベッドに腰を下ろした慶太が優しく抱き締めてくれる。

「これからもっと幸せにしてやるよ」

慶太の少し掠れたセクシーな声が耳元で響き、力強い彼の腕が俺の背にしっかりと回る。

「………」

これ以上の幸せがこの世の中にあるなんて、とても信じられない。そう思いながらも俺は、込み上げる嗚咽を呑み下し、熱いくらいの体温を感じる慶太の胸に涙を——幸せの涙の滴をぽろぽろと落としてしまったのだった。

あとがき

はじめまして&こんにちは。愁堂《しゅうどう》れなです。

この度は二冊目のルナノベルズとなりました『闇探偵～ラブ・イズ・デッド～』をお手にとってくださり、本当にどうもありがとうございました。

猫系男子のミオと、フェロモンだだ漏れの謎の探偵？　慶太《けいた》の、二時間サスペンスチックなラブストーリーとなりましたが、いかがでしたでしょうか。皆様に少しでもお楽しみいただけましたら、これほど嬉しいことはありません。

本書はオール書き下ろしですが、じつは『闇探偵』は、デビュー前にサイトに掲載していた作品で、今回のお話はそのとき書かれていなかった慶太とミオの馴れ初めとなっています。

いつかこの二人を商業誌で書きたいなとずっと思い続けていたので、こうして実現したことに、とても感激しています。

本当に楽しみながら慶太とミオ、そして実はレギュラー出演はこの作品がメインだったというミトモを書かせていただきましたので、皆様にも楽しんでいただけるといいなとお祈りしています。

イラストは陸裕千景子《りくゆうちかこ》先生です。今回も本当に素晴らしいイラストをありがとうございます！

フェロモン全開の慶太のかっこよさに、綺麗で可愛いミオの猫っぷりに、もうメロメロです。

陸裕先生とまたご一緒できて（しかも『闇探偵』を）本当に嬉しいです！

次作でもどうぞよろしくお願い申し上げます。

担当のK様、T様、今回も本当にお世話になりました。いろいろお手数をおかけし、申し訳ありませんでした。ほか、本書発行に携わってくださいましたすべての皆様に、心より御礼申し上げます。

最後に何より本書をお手にとってくださいました皆様に御礼申し上げます。よろしかったらご感想をお聞かせくださいね。お持ちしています！

また、本書関連でのフェアなどもあるようです。詳細はルナノベルズ様のHPをご覧くださいませ。私もブログやツイッター、それにメルマガでお知らせさせていただきますね。

次のルナノベルズ様でのお仕事は、冬にノベルズを発行していただける予定です。こちらもよろしかったらどうぞ、お手にとってみてくださいませ。

また皆様にお目にかかれますことを切にお祈りしています。

平成二十二年八月吉日

愁堂れな

（公式サイト『シャインズ』http://www.r-shuhdoh.com/）

ルナノベルズ既刊案内

王子とダイヤモンド

愁堂れな *illust* **山田ユギ**

――アラブの王族が有する世にも有名なダイヤモンドのネックレス。

今回、百貨店で広報課長を務める進藤が任されたのは、社運をかけたそのダイヤの展示会。絶対に成功させたい進藤は、視察のため来日する美貌の王子がゲイらしいと聞き、接待係として美形社員たちを揃えることに。もちろん、その任務には夜のお相手をすることも含まれていたのだが、なんと王子が指名したのは三十路すぎの進藤で!?　しかも、万全の警備の中、ダイヤが盗まれてしまい……。

ルナノベルズ既刊案内

恋花 ―傾国の花嫁―

秋山みち花 *illust* 緒田涼歌

少女と見まごうばかりに可憐な美貌の桓の皇帝・琳花は、行く手を阻む精悍な敵将に懐かしげに名を呼ばれた。それは「大人になったら俺の花嫁にしてやる」と約束してくれた幼馴染みの啓真だった!!　いまや将軍となった彼は琳花が皇帝だとも知らず、いずれ花嫁にする虜囚だと宣言し、自らの傍に置く。けれどどんなに大切にされても正体を明かせない琳花は、啓真に固く口を閉ざすしかなかった。そんな態度を皇帝の愛妾だからではと疑う啓真は琳花の唇を強引に奪って押し倒し――!?

ルナノベルズ既刊案内

どこにでもある恋の話

柊平ハルモ *illust* **宝井理人**

心に深い傷を残した出来事がきっかけで、永遠に失った従兄の影を求め、夜の街をさまよう秀夜。そんなとき従兄と深い関係にあった男、日吉との出会いを、自分の弱さゆえに最悪のものにしてしまう。しかも日吉は、教育実習先の指導教員だった。癒えない傷跡を包みこんでくれる日吉に、秀夜は惹かれていくが、差し伸べられる手の先にいるのは、自分か従兄か――。苦い過去の経験を乗り越えられず、閉ざした心に芽生えた恋は、最初から実らないとわかっていても……。

ルナノベルズをお買い上げいただき
ありがとうございます。
この作品に対するご意見、
ご感想をお待ちしております。

〒173-8558　東京都板橋区弥生町 77-3
株式会社ムービック　第６事業部
ルナノベルズ編集部

LUNA NOVELS

闇探偵 ～ラブ・イズ・デッド～

著者　愁堂れな
発行日　2010年9月30日　第１刷発行
発行者　松下一美
編集者　林　裕
発行所　株式会社ムービック
〒173-8558 東京都板橋区弥生町 77-3
TEL 03-3972-1992　FAX 03-3972-1235
http://www.movic.co.jp/book/luna/

ISBN 978-4-89601-779-3 C0293
Printed in JAPAN